狼王夢
沈石溪◆著
李永平◆圖
◆一九九四年「好書大家讀」年度最佳少年兒童讀物獎
◆一九九四年聯合報「讀書人」周報最佳童書
◆一九九四年中國時報「開卷」周報一週好書榜
◆一九九四年誠品書店「青少年文學」寒假書單
◆台北縣國小校長之「活水讀書會」閱讀主題書

目次

序

《狼王夢》是我第一部長篇動物小說。

《狼王夢》，其實是我對「強人」意識和生存競爭的一場反思。我出生在上海一個清貧的市民家庭，父母親一無金錢二無地位，似乎也缺少那種與命抗爭化解苦難爭取幸福的意識。孩提時代，我什麼也不懂，以為全世界的人都像我這樣生活，全世界的人都像我這樣想吃肥肉想得直流口水，過年時穿件新衣服高興得笑歪了嘴；上學後，聽老師講世界上還有三分之二的人民沒有解放，更覺得自己已經是在天堂生活，是在蜜罐子裡過日子了；及至升到初中，視野逐漸開闊，閱讀了不少文學書籍，這才明白，老師給我們灌輸的其實是一種迷幻藥。有一次，我到同班一個女生家去送書，她的父親是上海一家大廠的領導，她帶我參觀她的家，是四間一套的大住房，有廚房，還有帶抽水馬桶的衛生間，她還有完完全全屬於自己的一間小房間，有一個書架，有不少漂亮的玩具，我當時就看傻了眼，不怕不識貨，就怕貨比貨，與我那個女同學比起來，我的生活其實是馬尾穿豆腐——提不起，我和姐姐奶奶擠在一間六平米的小閣樓上睡覺，大小便用的是一隻陳舊的木製馬桶，沒有衛生間，馬桶就放在房間的角隅，無遮無攔，隨時可參觀別人的「方便」，燒飯在一條狹窄的走廊裡，舊式煤爐離木板牆只有一米遠，煙熏火燎不說，沒遇到火災就算是菩薩保佑了。就因為走廊太狹窄，有人在燒飯時你要穿行過去十分困難，我在五歲那年有一天與小夥伴玩互相追逐的遊戲，逃進走廊，想從正在炒菜的老祖母身邊穿過去，走廊實在太窄了，老祖母堵住了我的路，我一頭撞在老祖母的懷裡，老祖母恰巧手裡端著一碗剛剛起鍋的油菜燒豆芽，被我一撞，碗從手裡脫落，一碗油菜燒豆芽倒進我的脖子，我當場被燙得昏了過去，這以後，我後脖頸就留下兩大塊永不消褪的疤，上小學時，同學給我起的綽號就是「花頭頸」。假如我家有間單獨的廚房，假如那條該死的走廊稍稍再寬半米，我想我的脖子決不至於會像現在這樣疙疙瘩瘩有礙觀瞻的。和那位女生比起來，我別說沒泡在蜜罐子裡了，簡直就是一根醃在苦水裡的黃瓜。就在那位女生家裡，我頓然醒悟，在這個世界上，人和人是不一樣的；人的社會地位是有差異的，平等永遠是個神話。要想擺脫貧困，要想活得不比別人差，就要奮鬥！

現在回想起來，我當時的想法其實就是一種原始的生存競爭的衝動。

可惜，在我青少年那段歲月，把競爭視為罪惡。

感謝蒼天，現在終於進入了一個自由競爭的年代。

是的，生存競爭迫使人們的觀念發生裂變，寧靜的生活掀起驚濤駭浪，傳統的美德遭到肢解和褻瀆，社會沉渣泛起貧富懸殊，競爭的罪惡暴露無遺，但是，一潭死水變成了活水源頭，人們感受到了生存的壓力，長期處於鬆弛狀態的生命變得充滿張力，暮氣沉沉的社會煥發了青春的活力，正在由赤貧向小康邁進。

一方面，在競爭的過程中，爾虞我詐，貧得無厭，互相傾軋，人性中惡的一面也就是獸性的一面，被打開「瓶蓋」從「瓶子」裡放了出來，另一方面，個體生命釋放出巨大的能量，每個人都有希望實現自己的人生價值。

好耶？壞耶？該歌頌？該詛咒？

對社會改革的是非判斷是社會學家和歷史學家的事，對我來說，我看到了震撼心靈的生命力量。

我把我的所思所想溶入了《狼王夢》。

母狼紫嵐為了自己的後代能出「狼」頭地，堅韌不拔地訓練自己的孩子成為強者。在弱肉強食的叢林裡，在汰劣留良的法則下，母狼紫嵐的努力一次次失敗，但它沒有退縮，沒有氣餒，勇往直前，直到把兩隻小公狼送上了生存競爭的祭壇，直到自己與惡鵰同歸於盡。是一個邪惡的夢，也是一個輝煌的夢；這是一個悲慘的奮鬥過程，也是一段悲壯的生命衝刺。

狼在人類的字典裡是惡的代名詞。從亙古時代開始，人就把狼當做對手，追捕圍剿，恨之入骨，竭力想消滅掉。可是，千百萬年來，狼卻在強大的人類面前經受住了嚴峻的考驗，生存下來了。可見狼具有非凡的生命韌性和在惡劣環境下求生存的能力。人眼瞅著無法把狼消滅掉，就指責狼是一種狡詐殘忍的動物，是惡的化身、壞的代表，企圖從宣傳輿論上把狼置於死地，肉體上消滅不了，就從精神上予以殲滅。如我是一匹狼，我會為我的種族如此受到人類的重視而感到驕傲，會為被人當做冤家對頭而感到無比榮幸。

其實，說狼是惡棍壞蛋，這是人的一種偏見。不錯，狼吃羊，狼有時還會襲擊人，但不僅僅狼吃羊，人也吃羊，與狼襲擊人相比，人襲擊狼的次數要多得多。可以這麼說，凡狼吃的東西人都吃，而人吃的一些東西狼卻不吃，例如香煙、烈酒、海洛英、公費宴請等等等等。從動物學家野外觀察的情景看，狼的內部既有爭鬥，也講團結，既有恃強凌弱的現象，也有配偶間和母子間的親情友愛。總之，既不高大完美，也不是十惡不赦的。

我這麼說，並非想為狼的壞名聲平反昭雪。我是覺得在狼的身上，最能體味到生存競爭的酷烈與頻繁。雖然在王位爭鬥中刀光劍影，流血與死亡，但留存了強者，淘汰了弱者，使整個種群保持了強大的活力。

當然，人類社會絕不會倒退到狼社會的水準上去。人類社會總是在一天比一天文明進步。但是，既然社會宣導競爭，既然人是從動物進化而來的，那麼，想要完全克服掉獸性，在很長的一段時間內恐怕是難以實現的。

《狼王夢》不是一本傳統意義上的兒童小說，不是一塊香甜的巧克力，而是一本在某種意義上背離傳統的少年小說，是一枚酸甜苦辣五味俱全的多味果。我在寫這本書時，心裡就設下這樣一條警戒線：不教育人，不用教師的心態去教誨我的少年讀者。我想客觀地描寫一段狼群生活，把卑汙和崇高，把殘忍和輝煌，把齷齪和聖潔，交融揉合，更接近生命的本源，更接近生活的真實。我覺得，青少年時代是人生的一道門檻，跨越這道門檻，其實就是從無菌隔離區走出來走到漂浮著各種各樣有害細菌的正常空氣中來。許多人包括我自己在內，當從少年時代跨入青年時代，也就是說初涉塵世時，立刻就有一種強烈的感覺，世界遠不如老師在課堂上說的那麼好，無法適應撲面而來的種種人性惡的表現，內心充滿了失落感，有的人還會因此而沉淪，要調整很長一段時間才能逐漸平衡心靈，用透徹的眼光和明智的態度平靜地對待競爭日益加劇的社會現象。

這是教育的一大失誤。

這也是少年小說的用武之地。

我衷心希望少年朋友能透過閱讀《狼王夢》，能感悟到生存的艱難，能體驗到競爭的無情，更能欣賞不屈不饒的強者風采，和在激烈競爭中生命被啓動的靈性和生命所釋放的能量。

緣何《狼王夢》會受到臺灣讀者的青睞？我想大概有這麼幾條原因：第一，比起大陸來，臺灣自然資源相對貧乏，也沒有專門從事動物小說創作的作家，臺灣讀者對這樣的題材覺得很新鮮，人都有喜新厭舊的習性，在閱讀上也需要調換口味；第二，臺灣是個較富裕的社會，絕大多數人衣食無憂，不必為吃飽穿暖最基本生計問題而在社會上爭勇鬥狠，有閒情逸致去關心大自然和另類生命；第三，環境保護是世界性熱門話題，在這股潮流下，人們對野生動物變得寬容慈愛，願意了解它們的生存奧秘；第四，臺灣雖是文明社會，但生存競爭仍暗潮洶湧，不過是表現形式不同而已，觀摩野狼奮鬥史，也算是青少年將來踏上充滿競爭的社會求生存求發展的一種心理預演。

感謝《狼王夢》裡那匹風騷迷人名叫紫嵐的母狼，我用文字塑造了它的形象，我用心血澆灌了它的靈魂，它用它苦難的經歷和堅韌不拔的奮鬥精神，回報我對它的塑造之恩。這是一匹聰慧的母狼，一匹有血有肉有感情的母狼，一匹知思圖報通人性的母狼。假如雪域荒原真有這樣一匹名叫紫嵐的母狼，我會摟住它傷痕累累的脖頸，親吻它的額頭、臉頰、眼睛和嘴唇，舔淨它四隻腳爪和身上的每一根狼毛，讓它渾身上下閃爍更加燦爛的藝術光華，以表達我對它深深的愛。

第一章

一

全世界的狼都有一個共同的習性，在嚴寒的冬天集合成群，平時單身獨處。眼下正是桃紅柳綠的春天，日曲卡雪山的狼群按自然屬性解體了，化整爲零，散落在雪山下那片方圓五百多里的浩瀚的尕瑪兒草原上。

在草原東北端一塊馬蹄形的臭水塘邊，那塊扇形的岩石背後，臥著一匹母狼，夕陽把牠孤獨的影子拉得很長。牠從中午起就臥在這裡了。一動不動地等了好幾個小時，巴望能有隻黃麂或岩羊什麼的來臭水塘飲水，這樣牠就可以採取突然襲擊的方法，捕獲一頓可口的晚餐了。牠潛伏的位置不錯，既背風，又居高臨下，只要有獵物

來，是極難逃脫牠的狼爪的。

這匹母狼名叫紫嵐。所以叫牠紫嵐，是因爲牠身上的狼毛黑得發紫，是那種罕見的深紫色，腹部卻毛色純白；牠體態輕盈，奔跑起來就像一片飄飛的紫色霧嵐。用狼的審美標準來衡量，紫嵐是很美的。但此時，牠苗條的身材卻變得臃腫，腹部圓鼓鼓，有小生命在裡面躍動。牠懷孕了，而且快要分娩了。

黃昏，森林裡籠罩著一層薄薄的霧靄，背後是高聳入雲的雪峰，前面是開滿姹紫嫣紅野花的草灘，一條清泉叮叮淙淙從它身邊流過。突然，前面那片灌木林無風自動，發出嘩啦嘩啦的聲響，牠心頭一喜，以爲是終於把獵物等來了呢，剛把狼的神經繃緊，仔細一看，灌木林裡並沒有閃現出黃麂或岩羊的身影，而是一條響尾蛇，正銜著一隻翠金鳥在爬行。

狼是很討厭毒蛇的，假如不說是怕的話。

紫嵐相當失望。

狼雖然是凶殘的食肉獸，卻也有著強烈的母愛。紫嵐還是頭一次懷孕，牠像包括人類在內的大自然裡所有的雌性動物一樣，當小寶貝在自己的體內淘氣地踢蹬蠕動時，牠體會到了一種即將做母親的幸福感和神秘感，同時也為還沒出世的小寶貝未來的命運深深地擔憂。牠憂慮寶貝是否能平安出世；憂慮自己是否有足夠的奶水把寶貝哺育得健壯；憂慮寶貝是否能避免諸如獵人、虎豹、野豬和金鵰這類天敵的襲擊。狼雖然是尕瑪兒草原的精英，是森林裡的強者，一生都在從事血腥的殺戮，但在狼牙還沒長齊、狼爪還很稚嫩的童年時期，還是極易成為其他食肉類動物捕殺的目標的。

對紫嵐來說，小寶貝是否能平安出世，自己是無能為力的，狼畢竟是狼，沒有人類那套科學的、完善的接生辦法，牠只能靠命運。對寶貝在童年時期是否能避免天敵的襲擊，也是一半靠命運安排一半靠自己的嚴密防範，這個問題似乎還挺遙遠，不用太著急考慮。眼下當務之急的問題，就是要使自己有足夠的奶水哺育小寶貝。要使自己有足夠的奶水，就必須先使自己有足夠的食物。

想到食物，牠肚子又開始轆轆叫喚起來。今天早晨吃了一隻半大的松雞，早就消化乾淨了。自從懷孕以來，牠的食量大得驚人，老覺得吃不飽，老有一種飢餓的感覺。這段時間牠的運氣實在太壞，一直沒抓獲過岩羊、黃麂、馬鹿這樣美味可口的動物。有時辛苦一整天只逮著一隻豪豬或一隻草兔，勉強能餬口；有時更糟，在臭水塘邊潛伏到天黑仍一無所獲，餓極了只好用爪子掘老鼠洞捉老鼠充飢。

狼不是貓，很不欣賞老鼠肉那股怪味。

紫嵐知道，潛伏捕食完全是在碰運氣。一般來說，狼是不屑於這種守株待兔式的愚蠢捕食方式的。應該到廣闊的尕瑪兒草原上去主動出擊，那裡有成群的岩羊、馬鹿和羚牛，但要在平坦的沒有任何遮蔽的草原上追逐這些傢伙談何容易啊！凡野生動物，都有自己獨特的防衛和逃生的本領，譬如岩羊，雖說是食草類動物，生性怯懦，不會反抗，卻謹慎機警，奔跑速度並不亞於狼。即使一匹健壯的公狼要撲捉一頭成年岩羊都有一定難度，何況牠紫嵐正在懷孕並快臨產了。牠到草原上去試過幾次，卻一敗塗地，連羊毛都沒叼著一根。沒辦法，牠肚子裡的狼崽是一種沉重的負擔，影響了牠的奔跑速度，也影響了牠的撲咬格鬥。有一次在草原上追逐一群羚牛，羚牛沒追上，卻撞上一頭飢餓的金錢豹，那頭和牠同樣凶殘的食肉獸見牠腆著肚子行動笨拙，竟朝牠撲來，要不是牠急中生智擠進一條狹窄的石縫，牠連同肚子裡的寶貝早變成豹子的糞便被排泄掉了。假若牠紫嵐現在有個幫手，有個夥伴，情況就會大大改觀，不但不用懼怕金錢豹，還能到尕瑪兒草原隨心所欲地去追逐岩羊和麋鹿。想到這裡，紫嵐又開始思念大公狼黑桑。多麼理想的伴侶啊！黑桑的體毛漆黑發亮，黑色象徵著力量和征服；黑桑體格魁梧，肌肉發達，頭腦聰慧，身上有一股令牠紫嵐癡迷和癲狂的公狼特有的氣味。牠肚子裡快要出世的狼崽，就是黑桑留下的狼種。回想起和黑桑相親相愛的日子，生活變得多麼甜蜜，時光變得多麼短促，就連在飢餓時和黑桑爭搶一隻草兔*，也似乎是一種美妙的享受。不，那時候牠們很少去光顧兔子，牠們喜歡到草原去捕食正懷著崽的雌麋鹿，肚子裡那團還沒成形的肉塊具有一種別致的風味。牠們只要發現了目標，就極少落空。牠和黑桑之間配合得非常有默契，根本不用事先商量追捕方案，也不用臨時用狼嗥聯絡，只須聳動狼耳，或搖晃狼尾，輕輕示意一下，雙方就都能心領神會，或左右包抄，或前後夾擊，或聲東擊西，或一個在草叢裡埋伏，一個虛張聲勢地把獵物驅趕過來。

唉，紫嵐憂傷地嘆了一口氣，要是黑桑還在這就好了。黑桑很會體貼牠，在牠即將分娩的關鍵時刻，肯定會忠實地伴隨在牠身邊；在牠煩惱時，用粗糙的狼舌舔牠的脊背；在牠飢餓時，為牠到草原尋覓食物。黑桑不但能消除牠那種可怕的孤獨感，還

*草兔：即山兔。

能替牠分憂解愁，在牠產下狼崽後，履行父親的責任，和牠一起保護和撫養孩子，日子一定過得既安寧又逍遙。但是，這一切都是夢想。黑桑死了，黑桑的屍體恐怕早已被禿鷲啄食掉了，也有可能是被紅頭螞蟻啃乾淨了。牠還記得黑桑遇難的地方，那是在一個名叫鬼谷的山窪，滿地都是猙獰的石頭，還有幾叢稀疏的駱駝草，很像一片恐怖的墳場。

沒有黑桑伴隨保護，紫嵐不敢到草原去奔波覓食。牠快臨產了，氣虛體弱，害怕累著了會發生早產難產等意外。

天漸漸地黑了，近處的灌木林和遠處的草原都變得輪廓模糊，最後被漆黑的夜吞噬了，只有身背後那座雪峰在深藍色的夜空中散發出白皚皚的光亮。紫嵐滿腔的希望終於徹底冷卻。憑經驗牠曉得，天一黑膽小的食草類動物就再也不敢光顧臭水塘了。唉，看來，今夜又要癟著肚皮忍著飢餓度過了。

牠嘆了一口氣，拖著疲憊的身子，悻悻地離開臭水塘，回到自己棲身的石洞。

石洞坐落在日曲卡雪山的山腳，石洞口小腹大，洞口被茂密的藤蘿遮擋著，顯得十分隱蔽，是狼的理想居所。紫嵐在洞裡躺了很久，也無法入睡。一種強烈的飢餓感折磨著牠。

要是僅僅為了自己的口腹，牠紫嵐也許還能忍受。但牠現在肚子裡有了小狼崽，作為母狼，牠無法忍受小寶貝跟著自己倒楣，和自己一起挨餓。小狼崽在肚子裡一陣陣躁動，像在抗議這難忍的飢餓。牠心疼極了，難受極了。牠用前爪摸摸自己胸前的乳房，既不結實也不豐滿，因消瘦和營養不良而顯得有點乾癟。對哺乳類動物來說，乳房是生命的泉。牠自己希望自己那幾隻生命的泉能源源不斷分泌噴湧出芬芳的乳汁，把自己的寶貝哺養得健康而強壯。牠內心深處還有個野心，讓自己生下的狼崽中有一個將來能當上地位顯赫的狼王。這個野心是那麼強烈那麼明亮，生活道路上的任何坎坷和波折都無法使這個野心泯滅的。因為說到底，這個野心是大公狼黑桑未竟的遺志。

是的，黑桑明白無誤地告訴過牠自己想當狼王。有出息的成年公狼都會覬覦狼王寶座的。所不同的是，黑桑比其他成年公狼想得更苦，心情更迫切。為了使野心得逞，整整兩年時間，黑桑經常悄悄地半夜起來在堅硬的花崗岩上磨利狼爪，發瘋般地啃咬樹皮，力求把狼爪鑄煉得更鋒利些。紫嵐十分欣賞黑桑的膽魄和毅力，也許是出於一種刻骨的愛，牠覺得黑桑身上天生就具有一種狼王的風采，理所當然應該登上王位。現任的狼王洛戛，雖然也凶悍無比，有一股罕見的蠻力，在體魄上和黑桑不相上下，但黑桑智慧出衆，頭腦比洛戛靈活多了；眞正的強者應當是體力和智慧的高度統一。洛戛是個四肢發達頭腦簡單的傢伙，在空曠的雪地裡覓食，會莫名其妙地命令狼群齊聲嗥叫，強勁的朔風把狼的嗥叫聲傳飄得很遠很遠，等於是在給獵物報警，再遲鈍的岩羊也早就逃得無影無蹤了。有一次，洛戛竟然還愚蠢到在大白天去進攻一個獵人的營地，等於是飛蛾撲火，白白斷送了好幾隻大公狼的性命……。要是換了黑桑當狼王是絕不會幹出這等傻事的。紫嵐覺得洛戛的王位由黑桑來取而代之是上順天理下順狼心的大好事。牠理所當然是黑桑信得過的同盟者，自始至終參與了黑桑的篡位密謀。牠們已在暗地裡計畫商定，在一個暴風雨的夜晚，紫嵐假裝被霹靂震得心驚膽戰，往洛戛身上靠攏，洛戛一定會出於一種公狼的虛榮心，敞開懷抱來安撫牠；就在洛戛心神繾綣注意力被完全分散時，黑桑借著風聲雨聲和雷聲的掩護，在黑夜裡繞到洛戛的身背後，冷不防就一口咬斷洛戛的右後腿。就算洛戛的忠實夥伴這時聽到動靜跳出來想反撲，也已經遲了，一隻跛腳狼是無法在狼王的位置上站穩腳跟的。這主意眞是妙絕了，設計縝密，堪稱天衣無縫，幾乎沒有失敗的可能。就在牠和黑桑準備將這篡位陰謀著手實施時，突然，黑桑在名叫鬼谷的窪地被野豬的獠牙咬穿了頭顱。可憐的黑桑，一代狼傑，竟死於非命！

牠紫嵐記得非常淸楚，當那頭可惡的野豬終於被狼群撕成碎片，牠奔到黑桑跟前，黑桑四爪朝天地仰躺在被狼血染成汙黑的石頭上，身體已經僵冷了，但兩隻狼眼還圓睜著，瞳仁裡閃射出野狼才具有的深邃的光，凝視著蒼白的天空，凝視著冬天冰涼的太陽。狼群裡沒有誰知道黑桑爲什麼死不瞑目，只有牠紫嵐能理解。黑桑是因爲壯志未酬，兩年的心血頓成泡影，所以才死不瞑目的。黑桑在生命的最後幾秒鐘裡所體驗到的，絕不會是狼血快要流乾的痛苦，也不會是即將告別世界的嘆息，而一定是再也無法和紫嵐一起去實現朝思暮想的要當上狼王的野心的巨大遺恨！這遺恨隨著生命的逐漸冷卻而永遠凝固在黑桑的眼裡了。

紫嵐久久地站在黑桑的屍體前，突然，牠感覺到了一種和死者之間神秘的交流，彷彿有一隻無形的手，把黑桑身上的精華擷取出來，又移植到牠心田，就像埋進去了一粒種籽。黑桑在冥冥之中乞求牠囑託牠，要牠用生命去澆灌這粒種籽，催其發芽開花結果。

是的，黑桑在這個世界上已經永遠消失了，但牠爲牠留下了肚子裡這些狼種。應該這麼說，黑桑的血脈在紫嵐母性的保護下將獲得再生和延續。自然，黑桑的野心和理想也將得到繼承。

紫嵐很明白，在狼群社會裡，既沒有世襲也不存在禪讓，是要靠血腥的拚鬥才能爭奪到狼王位置的，這就必須有特別健壯的體魄和出衆的膽略。要做到這一點，除開嚴格的培養和訓練外，兒時的營養也是個關鍵。從小忍飢挨餓的狼崽，是不可能長得特別健壯的。

紫嵐憑著動物的本能，感覺到自己離分娩不遠了。也許是明天下午，最遠是後天，小寶貝就要出世。牠不能用乾癟的乳房迎接小寶貝的降臨。但要使乳房豐滿，要使乳汁泉湧，必須要有充足的食物。尤其是分娩後的第一週裡，假如還是用老鼠充飢，哺育出來的狼崽很有可能會長得像老鼠那樣瘦弱，那樣委瑣。狼群中甚至出現過這樣的情形，母狼因爲沒奶哺養幼狼，結果幼狼活活餓死了。

紫嵐現在比任何時候都渴望能逮到一頭活馬鹿。牠想痛飲一頓鹹腥、滾燙的鹿血，這樣牠的乳房就會豐滿起來；牠希望能飽啖一頓鮮嫩可口的鹿肉，這樣牠就能有足夠的體力把小寶貝平安地分娩出來了。可是，到哪兒去弄到馬鹿呢？

驀然，紫嵐腦子裡跳出個奇妙的主意來。在離石洞不太遠的名叫郎帕的寨子前，有一個養鹿場，裡面有一大群活蹦亂跳的馬鹿。牠被自己大膽的念頭所激動，站起來，竄出石洞，登上石洞背後那座山崗。登高望遠，大地漆黑一團，但在草原深處，卻亮著幾星火光。那就是人類豢養的鹿群所在地。牠心裡湧起一陣衝動，很想立即跑到養鹿場去顯顯身手。這時，一陣涼爽的晚風迎面吹來，紫嵐忍不住打個寒噤，心裡剛剛升起的冒險的熱情直線降溫。不錯，養鹿場上有一大群膘肥體壯的馬鹿，而且被柵欄圍困在一個範圍極其有限的空間裡，很容易捕捉。但那兒有持槍的獵人嚴密看守著，還有一條非常討厭的大白狗，那大白狗的嗅覺和聽覺都不比狼遜色，還沒等你接近柵欄，牠就會發出汪汪的報警聲，把獵人引來。紫嵐想起同伴杰杰和洲洲，就是因為貪圖口福，想偷竊養鹿場裡的鹿，結果杰杰被獵槍擊碎了腦殼，洲洲被鉛彈洞穿了肚皮，白花花的狼的腦漿和紅艷艷的狼的肚腸流了一地。可以這麼說，養鹿場是名副其實的死亡之地，因此儘管狼們都對那些養得油光水滑的馬鹿饞得直流口水，也很少有誰敢去冒風險的。唉，算囉，還是忍著點，用老鼠充飢吧，紫嵐垂頭喪氣地想。

可是，一種要把自己後代哺養得更強壯的母愛，一種要培育新狼王的理想，一種被飢餓感煽起來的無法抑制的欲望，強烈地誘惑著紫嵐的靈魂。獵人並不是無懈可擊的，大白狗也不是萬能的，牠想，獵人和大白狗都在明處，牠在暗處，這便於偷襲；今夜沒有月亮，連星星都躲藏起來了，風又颳得緊，黑夜好隱蔽，風緊好躲藏，氣候對牠十分有利；牠生性謹慎，不像杰杰和洲洲那麼魯莽，牠是有可能得手的。

紫嵐設想著有利於自己的種種條件，恢復了些信心，又變得躍躍欲試了。真的，現在去偷鹿，總比分娩後被飢餓驅使著去鋌而走險要強些；那時候，身體要比現在更加虛弱，行動更加困難，成功的可能性也就更加微小。

紫嵐到底說服了自己。

牠跑下山崗，喝了一通清涼的泉水，收了收腹部，肚子裡的寶貝暫時還很安寧，還沒出現分娩前的預兆。牠扭了扭腰，甩了甩尾，覺得自己還有足夠的力氣去養鹿場跑一趟。

牠離開石洞，潛進黑沉沉的尕瑪兒草原。

二

人類畢竟是人類，實在精明，養鹿場東端那間守更的草棚搭得兩層樓高，便於觀察和瞭望。守更的獵人在草棚上燒著一堆火，懷摟那支讓森林和草原上所有的食肉類猛獸都心驚膽戰的獵槍，端坐在火邊咂著水煙筒。那條大白狗在鹿場的柵欄外來回巡邏。

現在出擊無疑是在送死。紫嵐躲在離鹿場遠遠的一叢蒿草的背後，耐心地等待著。夜露打濕了牠全身的毛，濕漉漉的，這樣也好，牠想，可以蓋掉些牠身上那股刺鼻的狼的氣味。

啓明星*升起來了，就像黑緞子上綴著一粒寶石。終於，草棚上的火漸漸熄滅，只剩下一堆暗紅色的炭火，獵人在炭火邊腦袋一沉一沉地打起了瞌睡。那條大白狗也蜷起尾巴，卧在草棚的竹梯子上，把狗頭埋進兩條前腿之間。大白狗和牠的主人辛勞了一夜，都疲倦了；天快亮了，一夜平安，他們都麻痹了。紫嵐很興奮，牠在冰涼的

*啓明星：指太陽還沒有出來以前，出現在東方天空的金星。

露水中泡了整整一夜，要的就是眼前這樣的最佳偷襲時機。

牠開始行動了。颳的是東風，牠繞到養鹿場的西端。那兒不但僻靜，還背風，這樣，大白狗的鼻子再靈敏，也休想聞到牠的氣味了。

柵欄是用碗口粗的栗樹椿做成的，有一人多高，相當結實。但對紫嵐來說，這並不是什麼難題，狼的跳躍本領遠比人類想像的還要高超。牠不須費多大力氣，只消前爪搭在粗糙的栗樹皮上，縱身一躍就能越過這道障礙。牠唯一擔心的是怕引起鹿群騷動，驚醒大白狗和牠的主人。馬鹿的鼻子和耳朵也是相當靈敏的，而且馬鹿生性多疑，極易受驚，稍有動靜，便會亂吼亂叫。更叫紫嵐躊躇的是，雖然鹿群置身在安全的柵欄之中，雖然有獵人和大白狗嚴密看守，但養鹿場裡的馬鹿仍保持著野外生活時夜晚派崗哨的習慣，即整個鹿群酣睡後，始終有一頭大公鹿瞪著眼豎著耳警覺地站立著。

對紫嵐來說，這實在是很不友好的行爲。

看來，只能運用狼的智慧實行奇襲了。紫嵐仔細觀察了一下地形，跑到一個三角形的泥塘裡，打了兩個滾，稀泥漿糊滿了全身，把狼身上那股嗆鼻的血腥味徹底壓蓋住了。牠還不放心，路過一片羊蹄甲花叢，又咬下一大束，銜在嘴裡，然後，悄無聲息地爬到柵欄外，又觀察了一番，直到確信放哨的大公鹿、草棚裡的獵人和那條大白狗都還被蒙在鼓裡，這才以閃電般的速度縱身一躍，跳進一人多高的木柵欄。

紫嵐彈跳的姿勢極其優美，半空中劃過一道漂亮的弧形，簡直像在表演體操。在空中牠舒展狼腰，收腹曲腿，像片樹葉徐徐飄落，著地時只發出輕微的聲響。牠事先已計算好角度，所以一落地便頭向著擔任崗哨的大公鹿，整個身子都蜷伏在羊蹄甲花束中。然後，凝神屏息，靜靜地臥著不動。

完全像牠預想的那樣，在牠落地的一瞬間，擔任警戒的大公鹿就猛一聳琥珀色的鹿角，想引頸吼叫。就在這性命攸關的時刻，大公鹿猶豫了一下，張開的嘴巴裡沒叫出聲來。

大公鹿在黑夜中朦朦朧朧看見徐徐飄落的是一束潔白的羊蹄甲花，大公鹿嗅到了一股濃郁的花香，牠鹿的優柔寡斷的天性影響了牠的判斷力，一時拿不定主意是該發出警報還是不該叫喚。牠怕把一束飄落的花卉誤認爲是禍殃會驚擾同伴的好夢，會引起同伴的恥笑。可牠鹿的多疑的天性又對突然出現的動靜很不放心。於是牠的表情和動作都凝固在欲叫不叫的狀態中。

這是智慧的較量。

紫嵐沉住氣，像塊僵死的石頭一動不動。牠的耐心終於奏效了。幾分鐘後，那頭愚蠢的大公鹿相信飛進柵欄的是一束無害的羊蹄甲花，於是，牠緩緩地收平鹿角，縮回脖頸，全身警惕的神經鬆弛了下來。就在這時，紫嵐猛地竄到早已瞄準的一頭母鹿跟前，母鹿正在睡夢中，柔軟的腹下露出一個鹿仔毛茸茸的小腦袋。紫嵐早就算計好了，牠無法叼走成年的公鹿和母鹿，牠們的軀體太沉重，牠無法叼著牠們越過一人多高結實的木柵欄的，牠只能叼走鹿仔。牠像一陣風似的竄到倒楣的母鹿跟前，把嘴裡銜著的那束羊蹄甲花使勁朝母鹿的眼瞼刺去。這時，母鹿已被狼嘴裡噴出的那股血腥的氣流驚醒，睜開眼來，卻是白白的一片花影，牠下意識地往後仰躲。紫嵐乘機一口咬住母鹿腹下那頭可憐的鹿仔的脖子，把牠拖了出來。

母鹿還沒反應過來是怎麼回事，就失去了自己心愛的寶貝。

這時，擔任警戒的大公鹿已看到那束羊蹄甲花奇怪地朝鹿群逼近，牠意識到自己上當受騙了，於是再次聳起鹿角伸長脖頸，想發出報警的吼叫，但這需要幾秒鐘的時間。紫嵐就利用這極其寶貴的幾秒鐘的空隙，叼著鹿仔躍出柵欄。

大公鹿終於呦呦吼叫起來。霎時間，整個鹿群被驚醒了，陷入了極度的驚慌和騷亂之中。緊接著，大白狗的吠聲、寨子裡狗群的囂叫和獵槍的轟鳴劃破了尕瑪兒草原黎明前的寧靜。

但已經遲了，紫嵐已逃出了郎帕寨的地界。

三

假如當時天公作美，降下傾盆大雨，把紫嵐留在草原上的痕跡和氣味消除得乾乾淨淨，那麼，大白狗再機敏恐怕也難以跟蹤追擊了；假如紫嵐叼著鹿仔從養鹿場一口氣跑回石洞，中途不停留，那麼大白狗奔跑的速度再迅速恐怕也追趕不上牠的。

紫嵐本來並不想中途停頓的，但銜在嘴裡的那頭鹿仔的生命力實在太脆弱，開始還踢蹬掙扎，漸漸的就不動彈了。其實紫嵐並沒咬到牠的致命處，大概是鹿仔驚駭過度而休克窒息了。這時，紫嵐已把火光閃爍的養鹿場遠遠地拋在身後，槍聲、狗吠聲和鹿群的騷動聲都已模糊得快聽不見了，牠認爲自己已脫離了危險，慌亂的腳步變得從容。牠一面踏著碎步向石洞奔跑，一面搖晃著嘴裡銜著的鹿仔，鹿仔只剩下最後幾口微弱的氣息了。紫嵐曉得，動物一旦斷氣，身體便會慢慢冷卻，血液也就凝固了。牠實在太想喝滾燙的鹿血了，牠實在太想在分娩前用鹿血滋補一下身子使乾癟的乳房膨脹起來了。牠想，稍稍停頓一下，大概不至於會惹出什麼麻煩來的。於是，牠在一個螞蟻包背後停下來，麻利地咬開奄奄一息的鹿仔的喉管。立刻，一股甜腥的、芬芳的、黏稠的、滾燙的血液輸進牠飢渴的嘴，牠渾身一陣愜意，一陣滿足，乾癟的乳房似乎立刻就開始豐滿起來。牠拚命地吮吸著生命的瓊漿，直到鹿仔的喉管裡再也吸不出一滴血為止。牠有點睏倦了，伸了個懶腰，把狼臉在濺滿露珠的草葉上蹭了蹭，振作了些精神，重新叼起鹿仔，想回到石洞後慢慢享用。

假如紫嵐能預卜未來，事先知道自己在螞蟻包背後停留片刻，結果會釀成災禍，自己貪圖的那口鹿血其實是一碗命運的苦酒，那麼，牠寧肯讓鹿仔的血在體內慢慢冷卻凝固也要一口氣跑回石洞的。

命運是不可抗拒的。

當紫嵐叼著鹿仔剛想離開螞蟻包，突然，前方黑黝黝的草叢裡竄出一條朦朧的白影，緊接著，汪汪——傳來兩聲尖銳的、憤怒的狗的咆哮聲。紫嵐一驚，沒想到那條討厭的大白狗會一路嗅著氣味跟蹤過來。再豎起耳朵聽聽，大白狗身後遠遠地傳來獵人的吆喝聲，牠不敢大意，立即扭頭朝荒野奔逃。

大白狗尾隨追擊。

一般來說，狼的奔跑速度勝過狗。但紫嵐叼著一頭鹿仔，雖然不很沉重，卻也是一種負擔，影響了牠的奔跑速度。大白狗緊攆著牠的屁股，怎麼也甩不脫。要是把鹿仔丟掉，牠能很快擺脫掉大白狗的，可牠捨不得。自己冒著九死一生的危險好不容易獵到頭鹿仔，怎能輕易丟棄呢？

就這樣，紫嵐和大白狗一前一後，相差幾步遠的距離，在廣袤的尕瑪兒草原上展開了一場馬拉松式的長跑比賽。

紫嵐撒開四足，越過小溪，越過草灘，越過臭水塘，一路狂奔，很快逃到尕瑪兒草原的邊緣。前面出現了兩條岔道，一條是通往日曲卡山腳牠棲身的石洞，一條是通往乾涸的古河道。牠猶豫了一下，拐進了古河道。牠出於一種動物護巢的本能，不願把危險引到石洞去。牠快要分娩了，狼崽出世後無疑要在石洞裡生活很長一段時間，萬一自己棲身的巢穴被大白狗和牠的主人發現，後果不堪設想。

紫嵐在鋪滿鵝卵石的古河道又奔跑了很長時間，漆黑一團的天空逐漸透出一抹亮色，天邊泛起一片玫瑰色的晨曦。牠已跑得筋疲力竭，聽聽身後的大白狗，也已氣喘吁吁，累得連吠叫聲都嘶啞了。憑經驗，牠曉得狗的主人已被遠遠地甩在後面了，但大白狗仍然沒有罷休的意思。紫嵐心裡又憤慨又納悶，按常理，一條狗是對付不了一匹狼的，狗所以能在凶猛的野狼面前驍勇善戰，那是因爲依仗著主人的勢力。俗話說狗仗人勢，一旦主人沒在身旁，狗的威風立刻銳減，由勇敢的鬥士變成夾緊尾巴逃命的懦夫。此刻，大白狗的主人早已不知去向，大白狗並不蠢笨，是應該知道這一點的呀，牠爲什麼還緊追不捨呢？難道說大白狗吃了豹子膽了？抑或是條精神錯亂的瘋狗？紫嵐想，也許這條大白狗是血統純正品種優秀的軍犬，軍犬是狗中的精英和豪傑，其膽量和力量都是可以和狼相媲美的，倘若眞是這樣，牠紫嵐算是倒了八輩子大楣了。

紫嵐的擔心其實是多餘的。大白狗不是軍犬，品種也很一般，是滇北高原最常見的那種土狗，是郎帕寨養鹿專業戶安柯度豢養的一條普通家犬。大白狗既沒有吃豹子膽，也沒有精神錯亂，牠所以能在遠離主人的情況下仍奮勇追擊，是想得到主人的寬恕。

不知是時運不佳，還是狗的生物鐘正處在零點，反正，這段時間大白狗是夠倒楣的了，接連出了好幾次差錯。那天中午，在牧場上，一條蟒蛇趁牠瞌睡之際，吞吃了一頭幼鹿。還有一天半夜，牠在主人熟睡後，溜到寨子裡和一條名叫西努兒的母狗幽會，結果一頭該死的豺子用嘴咬開柵門的鐵銷，闖進鹿群叼走了一頭三歲的公鹿……。主人損失慘重，當然憤慨，遷怒於牠，把牠視為瀆職的罪犯。過去主人很寵愛牠，常把牠攬在懷裡，捋牠的背脊，親牠的面頰，自從失竊事件接二連三發生後，主人收回了對牠的寵愛，免去了對牠的親暱，特別是那頭長著四平頭鹿茸＊的三歲公鹿被豺子叼走後，主人用極其厭惡的表情，在牠肚皮上踹了兩腳。與其說牠的肚皮被踢疼了，還不如說牠的心被踢疼了。牠懂得，狗自古以來是依附人類生存的，失去了主人的寵愛，也就失去了生存的價值。牠親眼看見過那些被主人厭棄的同伴的悲慘下場。原先主人還豢養著一條名叫羅羅的老母狗，因衰老而變得整天懶洋洋的，腿力也

＊四平頭鹿茸：公鹿剛剛長出的新角，第一個分岔，最值錢。

不支了，連鹿群都追撵不上，結果被主人用十元錢的代價賣給了屠狗販子，等待羅羅的無疑是沸騰的湯鍋。據說羅羅年輕時是主人形影不離的夥伴。大白狗害怕主人也會因牠失職、因牠無能而最終厭棄牠。狗是沒有自主權的，狗的幸福完全取決於主人的恩賜。只有設法重獲主人的寵愛，牠的生存和幸福才能有保障。而要重獲主人的寵愛，一般化的討好乞求撒嬌獻媚已經不管用了，必須立功贖罪；也就是說，必須杜絕馬鹿——主人的財富——再次失竊，必須擒獲膽敢冒犯主人的蟊賊。這就是大白狗打破常規在遠離主人的情況下仍緊追不捨的思想動機和精神支柱。

大白狗絕不蠢笨，牠也知道，失去了主人手中那桿獵槍的撐腰，自己孤身和一匹狼拚鬥，是很難占到便宜的，弄不好還會白白斷送性命。狗的天性在不斷提醒牠，快中止這場危險的追逐遊戲吧，趁這匹在前頭疲於奔命的惡狼還沒有覺悟，還沒回身朝自己反撲，趕緊收場吧。但當牠的眼光落到紫嵐圓鼓鼓的已膨脹到極限的腹部時，牠又捨不得放棄這場追逐了。牠產生一種僥倖心理，牠想，前面正在奔逃的這匹惡狼所以不敢回身反撲，肯定是因爲懷孕而身體虛弱，說不定已完全喪失了撲咬能力，這是老天爺賜給自己的立功贖罪的好機會，咬死了這匹惡狼，不但能得到主人的寬恕，重獲主人的寵愛，還能提高自己在狗群中的地位和威信。嘖嘖，孤狗逮孤狼，牠英雄的名聲將傳遍整個尕瑪兒草原。

大白狗受虛榮心的驅使，在僥倖心理的支撐下，忘卻了自己狗的劣勢，繼續勇猛追逐。

四

紫嵐實在跑不動了，唾液吊在嘴角，腹部一陣陣抽搐，隱隱作疼。叼在嘴裡的鹿仔已成爲一種累贅。牠意識到假如再繼續這樣奔跑，用不了多久，自己就會累得口吐白沫倒斃在古河道上的。與其在逃命的途中累死，倒不如停下來，轉過身去，朝白狗反撲，也許還有生的希望。想到這裡，牠突然岔進古河道的一條支流，這兒也是乾涸的河床，但更爲狹窄，更爲荒僻，更爲隱蔽，四周挺拔的山峰割斷了晨曦，地上的鵝卵石都蒙著一層青苔。河道中央散落著一堵堵磯石和一塊塊巉岩。這兒地形不錯，牠想，便於周旋也便於逸逃，更重要的是，漏斗形的山谷會遮擋住大白狗的叫聲，即使大白狗的主人追蹤到附近，也聽不到牠們的吼叫和格鬥，無法趕來增援的。

紫嵐一面繼續沿著幽暗的古河道奔逃，一面乜斜著眼睛，眼看大白狗的前爪只差那麼幾寸就要落到自己的屁股上了，突然吐掉銜在嘴裡的鹿仔，往旁邊縱身一躍，跳上一塊半米高的卵石。大白狗沒有防備，再加上長滿青苔的河床滑得像塗了一層油，想收斂腳步，已經遲了，在慣性作用下，身不由己地越過紫嵐，滑行到前頭。

紫嵐占據了居高臨下的有利位置，瞅著大白狗扭動狗腰想轉身又未轉成的有利戰機，從背後猛地撲到大白狗身上。公平地說，在還沒有交手前，紫嵐內心有一種悲壯感，牠從大白狗來勢洶洶鍥而不捨的追擊中猜想對方是凶猛的軍犬，牠是準備著和對手同歸於盡的。但當廝咬了第一個回合後，牠很快看透了大白狗其實是一條很不中用的土狗。大白狗的爪子一點不鋒利，連狼毛都抓不破；大白狗的牙齒也不甚尖利，只能咬傷皮肉，而無法咬斷骨頭。於是，紫嵐拋卻了恐懼和悲哀，恢復了狼的自信，決心把這條害得自己疲於奔命的大白狗咬死，也好拖回石洞當一頓點心。狗肉的滋味雖然不如鹿肉，但也滿好吃的。

再說大白狗，沒防備那匹正在逃亡的狼會朝自己突然反撲。牠躲閃不及，肩胛被銳利的狼爪抓出了好幾道血痕，脊背上被狼牙連狗皮帶狗毛咬去了一塊，火燒火燎般地疼。幸虧牠反應還比較快，就地打了兩個滾，才算把凶殘的狼從自己背上甩掉了。

大白狗吃了大虧，這才醒悟過來自己正處在極端危險的境地。狼總歸是狼，那怕懷孕臨產也比土狗強幾倍。現在覺悟已經晚了。轉身逃命吧，大白狗想，但退路已被狼封死，再說自己在長途追擊中已跑得筋疲力盡，恐怕很難逃出狼的魔爪了。牠只好虛張聲勢地汪汪吠叫，希冀自己的叫聲能喚來主人，共同對付那匹狼。但主人離牠實在太遠了，人類的聽覺和嗅覺是十分麻木和遲鈍的，不可能像狗或狼那樣循著氣味追蹤到這裡來。牠的叫聲只換來山谷空洞的回響。牠還有一個絕招，就是搖尾乞降，但這絕招面對狗伴和人類還有實效，用在嗜殺成性的惡狼身上，只能是徒勞。大白狗逃也逃不脫，降也降不得，只好以死相拚了。

紫嵐初戰占了上風，變得更加凶猛。牠想儘快結束這場廝殺，不顧一切地撲到大白狗身上，把大白狗撞翻，仰面按在地上，尖尖的狼嘴使勁朝大白狗柔軟的頸窩伸去，想一口咬斷狗喉管。這是狼最拿手的戰術，也是狼的看家本領。大白狗很明白這一點，一旦自己的喉管被咬斷，鮮血就會噴濺，生命也就結束了。因此，牠舉起兩條前爪，拚命抵住紫嵐的下頦。但狼的力氣比牠預想的要大得多，紫嵐的嘴一寸一寸地逼近牠的喉管，粉紅色的、粗糙的狼舌已舔到牠的頸窩了，狼嘴裡那股濃烈的騷臭和腥味嗆得牠頭暈眼花，直想嘔吐。牠力氣已經耗盡了，明白自己已支持不住了。太陽是橘紅色的，從東邊的山巒背後冉冉升起，朝幽暗的古河道噴吐著溫暖的陽光，照耀著綠的樹、紅的土地和灰白色的河床，早晨的世界顯得富麗堂皇。大白狗不願就這樣暴死荒野。牠比任何時候都留戀生命。牠很後悔，自己不該爭強好勝隻身來追趕這匹惡狼的。但現在後悔也遲了。再過幾秒鐘，尖利的狼牙就會不可避免地觸及自己脆嫩的喉管，美麗的世界從此就要告別了。

完全是出於一種動物求生的本能，完全是一種無意識的掙扎動作，就在紫嵐的狼牙觸碰到大白狗喉管的一瞬間，大白狗兩條後腿在紫嵐的腹部猛蹬了一下。

假如紫嵐沒有懷孕，假如不是臨近分娩，別說被蹬了兩腳，即使被蹬二十腳，紫嵐也無所謂的。對狼來說，這類踢咬打鬥是家常便飯。但牠正在懷孕，又正臨近分娩，這兩腿又恰恰蹬在高高隆起的下腹部。紫嵐像被高壓電流擊中似地一陣灼疼，渾身痙攣，慘嗥一聲，從大白狗身上翻落下來。肚子裡的小寶貝也許是被踢傷了，在子宮裡拳打腳踢，似乎是在抗議，疼得紫嵐在河道的砂礫上打滾。

大白狗懵懵懂懂，不明白發生了什麼事。望著紫嵐在地上打滾，牠還以爲這是詭計多端的惡狼的一種欺騙戰術呢，引誘牠上鈎。牠在旁邊疑疑惑惑地觀看著。似乎又不像是裝出來的痛苦，瞧那張狼臉，鼻子和下顎嚴重錯位，分明是被無法忍受的疼痛折磨得扭曲變形了嘛；瞧那雙狼眼，野性的光芒已經消散殆盡，黯然無神，一瞧就知道其生命已經衰竭。大白狗產生了一種反敗爲勝的僥倖和得意，快，趁惡狼正處於半昏迷半休克狀態，暫時喪失了反抗能力，撲過去，也學學狼的殘忍的看家本領，咬斷狼的喉管。主人一定會嘉獎自己的勇猛，重新寵愛自己的。大白狗一陣衝動，躍躍欲試。但是，牠過於聰明的腦筋突然繞了個彎子，狼的狡詐是出了名的，不乏這樣的先例，狼用裝死的伎倆來度過危機或克敵制勝，誰能保證這匹正在地上打滾的狼不是在裝死呢？狗的多疑的天性使牠在這節骨眼上猶豫了。眞的，自己剛才在格鬥時明明占了下風，自己並沒有傷著狼的致命處，怎麼惡狼就一下子癱軟了呢？反常的現象極有可能就是欺詐的假象，大白狗這樣分析著，不敢貿然撲上去廝咬，只是不遠不近地圍著紫嵐團團打轉。

紫嵐在地上打了幾個滾，劇痛緩解了些，但渾身的筋骨變得像柳絮一樣綿軟，繼而腹部產生一種物體下墜的感覺。牠明白自己要分娩了。牠雖然是膽大妄為的狼，此刻也感到了極度的恐怖。在殺氣騰騰的仇敵大白狗的眼皮底下分娩，其危險程度不亞於在刀尖上舞蹈；只要牠稍微露出一絲破綻，只要大白狗瞧出一點蹊蹺，牠和牠的狼崽就不可避免會被大白狗撕咬成碎片；在狼崽欲出未出的當兒，在分娩的陣痛與昏眩中，別說對付凶猛的大白狗，即使一隻貓來撲咬，牠也招架不住的。唉，寶貝，你們出來得不是時候啊。牠很想逃到一個安全隱蔽的地方去分娩，但這是不可能的，牠此刻連挪動一步的力氣也沒有了；牠很想讓狼崽在自己的肚子裡再多待一會，讓牠先設法收拾了大白狗，解除生存威脅，然後再迎接寶貝出世。但不行，肚子裡的狼崽迫不及待地想鑽出母體，牠有一種憋不住想撒尿卻尿不出來的難受。現在唯一的辦法是，用假象迷惑住大白狗，爭取時間。想到這裡，紫嵐忍住腹部的絞痛，停止了打滾，蹲在砂礫上，竭力撐直前肢，挺起胸脯，佯裝出一副剛才自己是在使用裝死的戰術，可惜大白狗沒有上當受騙的恨恨然表情。

大白狗果然上當了，露出一絲得意的笑，更加謹慎地監視著牠。

紫嵐又稍稍抬高了些臀部，眯起狼眼，做出一種正在暗中凝聚力量，覬覦時機，隨時準備跳躍起來給對手致命的一擊的架式。

這一招很靈，大白狗惶惶然地停止了打轉，站在牠面前，全身緊縮，尾巴豎得像根旗杆，緊張得眼珠都快從眼眶裡蹦跳出來了。

嘎歐——紫嵐拚足全身的力氣發出一聲威風凜凜的狼嘯。

大白狗嚇得尾巴耷落在兩胯之間，慘嗥一聲，掉頭就逃。逃出十幾丈遠，看看沒有動靜，這才驚魂不定地躥跳到一道石坎上，遠遠觀望。

但願大白狗永遠被蒙在鼓裡。

陽光漸漸由橘紅變得熾白，古河道兩岸的樹林裡不時傳來猿猴的啼聲和飛禽的鳴叫。終於，紫嵐感覺到自己的身體一陣撕裂般地疼痛，接著，一隻狼崽蠕動著鑽出了體內，接著，又產下了一隻，頓時，剛才那種無法忍受的下墜感減弱了一半。這些牠都是憑身體的觸覺知道的。牠不敢回過頭去看看自己剛剛生下的寶貝狼崽長得是啥毛色，是啥模樣。牠害怕自己一動彈一分神，蹲在石坎上的大白狗就會看出破綻竄下來撕咬牠和剛出世的寶貝狼崽。

噢，第三隻狼崽也順利地降臨在這個世界上了。三隻寶貝狼崽在冰涼的大地和牠溫熱的身體之間蠕動著，在尋覓牠的乳房——生命的泉。牠真想用輕柔的動作把牠們銜到太陽底下，讓牠們盡情享受明媚的陽光和濕潤的空氣；牠抑制不住一種母性的衝動，很想把三隻寶貝狼崽從身體底下移到面前來，仔細端詳牠們的容貌，牠們一定長得美麗又可愛，嬌嫩鮮艷，像出水的太陽，越看越愛，永遠也欣賞不夠的；牠多麼願意伸出自己的舌頭，深情地舔淨寶貝身上黏留著的胎胞和血汙，把牠們的體毛舔得閃閃發亮，像聖潔的小天使，然後輕輕舔開牠們閉闔著的眼皮，讓牠們睜開骨碌骨碌轉動的比黑寶石更明亮的眼睛，看看這紅的太陽、綠的山林、藍的天空，看清並永遠牢記牠們的母親；牠覺得自己的乳房已奇蹟般地膨脹起來，像洪汛期的水庫，裡面有春潮在洶湧，牠真想把奶頭塞進寶貝狼崽稚嫩的嘴裡，讓牠們飽吮芬芳的乳汁……。

紫嵐渴望完成母性的一切本能，但是，牠不敢。大白狗近在咫尺，牠只能把三隻狼崽緊緊藏在自己的腹下。小狼崽一出世就顯露出淘氣的天性，不願乖乖地睡在牠的腹下，蹣跚爬動。牠腹部的空間過於窄小，有一隻狼崽毛茸茸的小腦袋從牠右側腰部的空隙鑽透出來，牠急忙移動胯部，把狼崽毛茸茸的小腦袋重新掩藏進腹下；但立刻，另一隻狼崽的小屁股又從牠左側腰部的空隙暴露在陽光下……。

倏地一聲，大白狗從石坎上竄了下來，臉上疑雲密布，猶猶豫豫朝紫嵐躺臥的地方靠近。糟糕，大白狗賊亮的眼一定看出破綻來了。紫嵐聳動一下腹部，裡面還有兩隻狼崽沒產下。快出來吧，寶貝，別耽誤時間了，趁大白狗還沒有完全覺醒，快從媽媽的肚子裡鑽出來吧，媽媽就能卸去精神和肉體的雙重壓力，去對付那條該死的大白狗了。但不知最後兩隻狼崽是生性懶惰還是迷戀子宮的溫馨，就是賴在體內遲遲不肯出來。紫嵐拚命蹭動下腹部，想把兩隻小淘氣擠壓和驅趕出來，也沒用。

大白狗離開自己只有兩三步遠了，紫嵐只能故技重演，裝模作樣地繼續擺出種種恫嚇的姿勢。但這一招失靈了，大白狗毫不理睬。

剛才大白狗蹲在石坎上，因距離隔得較遠，只是模模糊糊看見有物體在這匹惡狼的腰際蠕動；是紫嵐驚慌的表情和急欲掩飾的窘相引起牠懷疑的。莫非……彷彿是要證實牠的懷疑，就在牠逼近惡狼只有兩步遠的時候，一隻狼崽毛茸茸的小腦袋從紫嵐兩條前肢溜鑽了出來。雖然惡狼用極快的速度一爪子把狼崽的小腦袋蹬回了腹下，但由於距離極近，大白狗看得眞眞切切。哦，怪不得這匹惡狼會有這份耐心長時間在一個地方靜臥不動，原來正在分娩！一瞬間，大白狗心裡升騰起一股被戲弄了的憤懣。

要是自己早點看出蹊蹺來，早就輕而易舉把惡狼連同狼崽子一起收拾掉了。怪惡狼太狡猾，怪自己太老實。牠懊惱極了，後悔極了。當牠的眼光在惡狼身上仔細掃射一遍後，牠又轉悲為喜，哈，惡狼還腆著半隻大肚子，也就是說，惡狼還沒有徹底完成艱難的分娩過程。牠慶幸自己覺醒得還不算太晚，該死的惡狼，瞧瞧吧，你要為你的狡詐付出代價的！

大白狗旋風般地朝紫嵐撲去。

紫嵐正在分娩當中，無力還擊；腹下有三隻毫無防衛能力的狼崽，牠還不能躲閃。牠只能蹲在原地，聽憑大白狗以極高的頻率一次次朝自己撲來。牠唯一能做到的是，在原地調整自己的方位，用堅硬的狼頭正面承受狗牙和狗爪，不讓大白狗有機會從側面或背後來襲擊。這樣，雖然狗爪在牠狼耳和狼額上劃出一道道血痕，雖然狗牙在牠肩胛上叼走了好幾口狼毛，卻形不成致命傷。有兩次，大白狗的衝擊速度稍慢了些，牠還能在原地張開狼嘴噬咬反擊，雖然連狗毛也沒咬掉一根，卻迫使大白狗放慢了撲咬的頻率。

大白狗似乎也察覺到老是這樣從正面攻擊很難把對方置於死地，就改變了戰術，悶聲不響地以紫嵐為軸心繞起圈子來，想伺機跳到狼背上去撕咬。

紫嵐一眼就看穿了大白狗的計謀，針鋒相對，始終和大白狗保持一種面對面交鋒的態勢。

要是不發生突然變故，這樣僵持下去，大白狗是很難佔到更多便宜的。喉，肚子裡這兩隻小狼崽，剛才還賴在子宮裡不肯出來，在這生死攸關的節骨眼上，卻又想鑽出母體來了。冤孽啊，湊什麼熱鬧嘛！紫嵐剛想到這裡，只覺得一陣猛烈的宮縮，一隻狼崽順著產道慢慢滑向世界。在這生命誕生的一瞬間，紫嵐一陣昏眩，眼前的一切似乎都被一層白紗遮蓋，變得虛無縹緲。牠的注意力被高度分散了，甚至忘了大白狗的存在。只是當脊背上突然落下一件沉重的物體，牠的搏鬥意識才猛然甦醒。糟糕，大白狗趁牠神志眩迷時，繞到牠的背後撲到牠的狼背上來了。要是在平常，牠可以就地打兩個滾，把大白狗摔下背來的，但現在不行，牠怕一旦改變姿勢，會把狼崽窒息在產道裡的。牠只能凝然不動地趴在原地，聽憑大白狗啃咬。牠把四肢盡量撐開，護住腹下的三隻狼崽免遭傷害；牠緊緊勾起下巴縮起脖子，不讓大白狗咬到致命的喉管。

大白狗在紫嵐的後頸窩連毛帶皮咬下了一塊狼肉。

紫嵐疼得慘嗥一聲，滾燙的狼血順著耳垂滴落在古河道灰白色的砂礫上。在疼痛和緊張的刺激下，第四隻狼崽呱呱落地了。

紫嵐的肚子裡還剩下最後一隻狼崽了。

大白狗叼著那塊狼肉，從紫嵐的背上跳下來。也許是被飢餓所驅使，也許是想炫耀自己的野性，也許是想羞辱紫嵐並把紫嵐嚇倒，大白狗蹲在紫嵐面前，嚼咬起那塊血淋淋的狼肉。

大白狗貽誤了寶貴的戰機。

還沒等大白狗把狼肉吞嚥進肚，紫嵐肚子裡的最後一隻狼崽也順利地鑽出了母體。隨著第五隻狼崽降臨在這個世界上發出的第一聲尖叫，紫嵐腹部那種強烈的下墜感頓時消失，身體變得異常輕鬆，雖然後頸窩的傷口還滴著血，心裡卻仍然產生一種飄飄然的快感，同時油然滋長了一種終於完成了艱難的生命誕生過程的自豪感和幸福感。在這樣的精神作用下，牠恢復了些力氣，終於在一片血汙的砂礫上站了起來。

這時，一塊黑沉沉的烏雲遮住了太陽，樹林裡飛禽驚啼，走獸奔竄，透露出一種山雨欲來的悽惶，荒涼的古河道籠罩在一片肅殺的氣氛中。紫嵐圓瞪著狼眼，逼視著大白狗，那野性畢露的眼光在明白無誤地警告對方，瞧吧，我已完成了整個分娩過程，我已經站起來了，爲了我心愛的寶貝，我隨時準備和你同歸於盡！

大白狗是聰明的，牠看出形勢在朝自己不利的方向逆轉。剛才惡狼在身心癱軟的分娩過程中自己尚無法置牠於死地，此刻自己恐怕更難取勝了。護崽的母狼比豹子更凶殘。唉，只怪自己覺醒得太晚，動手太遲，現在，後悔也晚了。山雨欲來，還是趕快回到養鹿場舒適安逸的狗棚裡去吧。想到這裡，大白狗扭轉身去，悻悻地退出了古河道，很快消失在一片墨綠色的斑茅草叢中。

五

狂風驟起，古河道上飛砂走石。遠處一座山峰上落下一只球狀閃電，隨著驚天動地的霹靂聲，一棵大樹被一團烈焰呑沒。剛出世的狼崽生命力很脆弱，被狂風吹得渾身戰慄，被雷電嚇得吱吱驚叫。紫嵐把五隻狼崽護在自己的腹下，緊張地抬頭觀望天色。烏雲越聚越厚，天越來越暗，看樣子，非得落一場比魔鬼還恐怖的暴雨不可。待在古河道裡太危險了，這兒地勢低，萬一山洪暴發，後果不堪設想。必須趕快轉移地方，最好的去處當然是牠棲身的石洞。那兒不怕雷電風雨，又隱蔽安全。想到這裡，牠毅然站起來，用狼嘴拱，用狼爪踢，把五隻小狼崽統統驅趕到一塊背風的岩石下，然後用牙輕輕叼住其中一隻狼崽的後頸窩。剩下的四隻狼崽失去了母體的庇護，驚慌地互相擠成一團，發出絕望的尖叫。聽到狼崽這樣的叫聲，紫嵐母性的心快要破碎了。但狼是具有高度理智的動物。牠曉得，空洞的慈悲和憐憫無濟於事，只有行動起來才能拯救自己和寶貝們。牠狠起心腸，頂著狂風，箭也似地朝自己棲身的石洞跑去。

牠一次只能叼走一隻狼崽。

從古河道到牠棲身的石洞，約有兩華里遠。紫嵐幾乎是一口氣跑到的。把第一隻狼崽送進石洞後，牠來不及喘口氣，又像接力賽跑似地奔回古河道，銜起第二隻狼崽。

當紫嵐第三次從棲身的石洞裡竄出來時，山雨終於落下來了。這是日曲卡雪山山麓今年第一場春雨，來勢洶洶，狂風挾帶著豆大的雨粒，像鞭子似地抽打著地面，樹

枝被抽彎了，斑茅草被抽斷了，山峰也被抽變了形。紫嵐後頸窩的傷口不知什麼時候已經結痂，被暴雨一澆，又流出血來，火燒火燎般地疼。牠在厚實的雨中穿行，好不容易趕到古河道，乾涸的河床上已瀦積起一窪窪雨水，剩下的兩隻狼崽半隻身子泡在積水中，渾身裹著一層殷紅的稀泥漿。牠急忙蹚著積水奔過去，叼起一隻狼崽轉移到古河道岸邊一棵白樺樹的樹根下，這兒地勢較高，不會被山洪淹沒，然後，將第四隻狼崽銜回石洞。

古河道上還剩下最後一隻狼崽了。

紫嵐雖說是身心強悍的野狼，但產後虛弱，又經過近一晝夜的奔波和廝鬥，已快支持不住了，四條腿軟得像棉花，幾乎是一步一個趔趄，搖搖晃晃，像喝醉了酒。這時，古河道兩岸群山的溝溝壑壑，響起山洪傾瀉的隆隆聲，不一會，乾涸的河床上出現一片渾濁的泥漿水，翻捲著浪花，滾動著漩渦。紫嵐望著山洪爆發的恐怖景象，暗自慶幸自己已及時把第五隻狼崽轉移到了高處，不然的話……牠正想著，冷不防踩在一塊活動的卵石上，身體失去平衡，仄翻在地，從陡峭的河堤一直滑落濁浪翻滾的古河道，嗆了兩口泥漿水。狼是會泅水的陸上動物，牠拚命划動四肢，想爬上只有兩尺遠的河岸，但山洪挾帶著大量泥沙，水的浮力變得很小，身體一個勁往下沉，費了很大勁還是無法靠岸。一個浪頭撲來，撞到石岸上，又反彈出來，一下把牠推到河心。牠還沒反應過來是怎麼回事，身體就急遽地旋轉起來，群山也在旋轉，河岸也在旋轉，整個世界都在旋轉。糟糕，自己被捲進漩渦了。牠覺得自己變得像塊鉛一樣沉，水底彷彿有一雙巨手正在無情地把牠拽向地獄。牠無力掙扎，大口大口的泥漿水灌進肚子，水已淹沒了牠的頭頂，水面只露出兩隻尖尖的狼耳。完了，牠想，不但自己的末日到了，剛生下的五隻狼崽也將變成五具餓殍。就在牠徹底絕望時，牠胡亂掙動的前肢突然鉤住一根樹枝，完全是出於一種求生的本能，牠緊緊抱住樹枝不放。這是一棵被山洪沖刷下來的龍血樹，有兩圍＊多粗，漩渦也無法把它吞噬掉。紫嵐順著樹枝爬上了樹幹，終於露出了水面。龍血樹被浪頭沖撞著，靠到岸上來了。

紫嵐得救了。當牠登上堅硬的石岸時，牠甚至已沒有力氣為自己的死裡逃生而感到高興，牠太疲倦了，牠想睡覺了。那強勁的山風，那如注的暴雨，那如雷的山洪傾瀉聲，彷彿都變成了奇妙的催眠曲。牠疲乏地躺臥在冰涼的水汪汪的岩石上，立刻昏

＊兩圍：當地山民丈量樹幹的直徑的長度單位，一個人雙手合抱為一圍。

昏沉沉地闔上了眼。世界不再有恐怖的暴風雨，不再有高深莫測的古河道，也不再有討厭透頂的大白狗，牠恍然覺得自己正躺在嬌豔的陽光下，睡在柔軟如絲的草叢裡，四隻狼崽正活蹦鮮跳地吮吸牠豐滿的乳房……，不，不應該是四隻狼崽，牠一共生下了五隻狼崽呀，怎麼會少了一隻呢？牠最敏感的母性的神經被夢幻觸動了，驚醒過來。是的，還有最後一隻狼崽正孤立無援地待在荒野，忍受著暴風雨的侵襲。想到這裡，牠睡意頓消，一骨碌翻爬起來，繼續趕路。

雖然白茫茫的雨帘模糊了視線，但憑著狼的靈敏的視覺，紫嵐還是在老遠就看見心愛的狼崽還在白樺樹下，牠懸著的心放下來了。走到跟前，紫嵐發現狼崽的姿勢有點異常；雨水把狼崽黃褐色的體毛沖洗得乾乾淨淨，狼崽趴開四肢緊緊地摟抱著樹幹，小小的狼嘴咬住樹皮上一顆乳頭狀的樹瘤。紫嵐忍不住一陣心酸，唔，寶貝失去了母體的庇護，把樹幹當做母親的懷抱，把樹瘤當做母親的乳頭了。寶貝，你受苦了，媽媽來了。牠伸出舌頭，帶著歉意去舔狼崽；牠的舌尖觸碰到狼崽的額角，嚇了一跳，狼崽的額角滾燙滾燙，像舔在一塊火炭上。狼崽雙目緊閉，氣息微弱，已經昏厥過去了。紫嵐趕緊叼起狼崽，往石洞飛奔。

暴雨越下越猛，狂烈的山風像一把把尖刀在無情地宰割著狼崽脆弱的生命，沉重的雨粒像一把把釘錘在狠命敲擊著狼崽稚嫩的軀體。

好不容易跑回了石洞。紫嵐放下銜在嘴裡的最後一隻狼崽，咕咚，狼崽像截木頭四腳朝天仰面栽倒在地。紫嵐的心縮緊了。牠試探著舉起前爪摸摸狼崽的身體，狼崽全身冰涼冰涼，失去了生命的彈性，就像摸在一塊石頭上。

不，寶貝沒有死，牠一定是被凍僵了。紫嵐無法相信死神就這樣輕易地攫走了自己寶貝狼崽的生命。牠把狼崽緊緊地抱在自己的懷裡，用舌頭不停地舔著狼崽的眼皮、鼻翼和嘴唇。醒醒吧，寶貝，睜開你明亮而又淘氣的眼睛，瞧，媽媽正守在你身邊，我們已回到石洞，這裡沒有風雨，也不用害怕雷電，醒醒吧！

但紫嵐的一切努力均屬徒勞，直到半夜，第五隻狼崽也沒能睜開眼睛。這是一隻雄性狼崽。

時間在一滴一滴地流淌，又迎來了一個漆黑的夜。

要不是石洞角隅傳來狼崽們淒婉哀怨的叫聲，紫嵐也許就會失魂落魄地守在死去的狼崽的身邊度過漫漫長夜。是活著的四隻狼崽的叫聲使牠從悲痛中驚醒過來。牠瞪起藍幽幽的眼睛，透過黑暗，看見四隻小狼崽正在石板上扭成一團。牠們既在靠對方的體溫取暖，又張著小嘴在互相啃咬。有一隻狼崽被咬疼了，發出絕望的吱吱的怪叫。有一隻狼崽蜷伏在地下，只剩下喘息的力氣了。

是的，寶貝們都餓壞了，從生下來到現在，牠們還沒有吃過一滴奶呢！自己眞愚蠢，沉湎在悲痛中不曉得自拔。死去的已經死去了，重要的是要讓還活著的能活下去。牠終於理智地棄下第五隻狼崽來到石洞角隅。四隻還活著的狼崽聞到牠的氣味，都嗷嗷叫起來。牠摸摸自己的乳房，擠不出一滴奶來。牠已餓了一晝夜，沒有食物充塡肚子，是不可能分泌出乳汁來的。哪兒去弄食物呢？冒著風險從養鹿場竊來的鹿仔在和大白狗搏鬥時不知遺落在哪個山窪裡了，也許早被山洪沖走了。雨還在下個不停，這樣的鬼天氣，又在深更半夜，所有的動物都躲藏起來了，即使冒著風雨到森林去闖蕩，也不可能獵獲到食物的。唉，要是有兩隻老鼠充飢也好啊，雖然牠不喜歡鼠肉那股怪味，但飢不擇食，至少也能擠出幾滴奶來，讓牠度過這個難關。遺憾的是，連老鼠都被暴風雨嚇得躲進鼠洞不出來了。等到天亮了再說吧，牠想，但願天亮後天能放晴，這樣牠就可以到尕瑪兒草原去追逐岩羊了。可是，瞧四隻狼崽，都差不多餓得虛脫了，牠們的生命都很脆弱，恐怕等不到天亮，就會像第五隻狼崽那樣被飢寒奪走生命的。

怎麼辦呢？紫嵐心急如焚，在石洞裡焦躁地踱來踱去，突然，牠的眼光落在第五隻已經死去的狼崽身上，這是此刻石洞內唯一可以充飢的東西了。牠忍不住嚥了一口唾沫。狼群中不乏同類相食的先例，在嚴寒的冬天，有時運氣不佳時會一連幾天獵不到食物，狼們個個餓得肚皮貼在脊梁骨上，這時，倘若有匹老狼病死，群狼就會呼嘯著撲上去，爭先恐後地把牠撕成碎片吃進肚去。狼習慣於用這樣的觀念對待生與死：活著是一匹狼，死了就是一堆肉。對死者廢物利用，拯救眾多的活著的生命，也許還是一種慈悲呢。

紫嵐這樣想著，踱到死狼崽跟前，當牠的牙齒觸及狼崽僵硬的、沒有知覺的肉體時，牠忍不住心裡一陣悸動，失去了噬咬的勇氣。狼崽雖然已經死了，但畢竟是自己親生的兒子，俗話說兒是娘的心頭肉，對人類而言是這樣，對狼來說亦是如此。牠怎麼能吃掉自己的狼兒呢？但除此而外，牠又有什麼辦法能挽救四隻還活著的狼崽呢？感情固然重要，生存比感情更重要啊。

紫嵐在死狼崽面前猶豫了很久，終於狠下心腸，閉起眼睛，開始啃咬已故寶貝的肉體。每咬一口，牠就一陣心酸。牠用飛快的速度把狼崽呑進肚去。牠不願延長這痛苦的晚餐。牠的味覺器官似乎已經麻木了，直到把整隻狼崽都吃光，也沒品嘗出滋味來。牠只覺得從嘴裡到心裡，都是一片苦澀。

總算是吃進了食物，過了一會，牠的乳房開始隱隱脹痛，擠出了些乳汁，雖說分到每隻狼崽口中，只是有限的幾滴，卻使奄奄一息的狼崽們奇蹟般地活轉來了。

黎明時分，肆虐的山雨終於停歇了。一抹玫瑰色的朝霞透過洞口茂密的藤蘿，射進石洞。紫嵐終於舒了口氣，昏昏沉沉地睡著了。

在嚴酷的叢林法則的統轄下，生存是很不容易的。紫嵐和牠的狼崽在付出了慘重的代價後，總算熬過了難關。

第二章

一

這一個月來，紫嵐交了好運，連續捕獲到兩頭膘肥體壯的岩羊，還在一個野豬窩裡撿到一隻肥頭大耳的野豬娃子，吃得滿嘴流油。天氣也好得出奇，整天豔陽高照。牠後頸窩的傷口漸漸癒合了，心靈上失子的創傷也慢慢地平復了。產後虛弱的身體徹底復元了，甚至比產前長胖了一圈。六隻乳房變得很豐滿，分泌出又黏又稠的乳汁，雖然哺育四隻小狼崽還不算太豐裕，但基本上夠牠們吃的了。日子過得很平靜。每當狼崽們歡天喜地地撲進牠的懷裡，貪婪地吮吸牠的乳汁時，牠便體會到一種只有母性才可能有的自豪感和幸福感。

四隻狼崽三公一母，長子長著一身墨黑的體毛，取名叫黑仔；次子脊背上的毛色有點偏藍，取名叫藍魂兒；最小的公狼崽上半身爲黑色，腹部和四肢是褐黃色，取名叫雙毛；唯一的那隻母狼崽長著一身和牠活脫活像的紫毛，取名叫媚媚。

紫嵐最偏愛黑仔。這倒不是因爲黑仔是長子，人類社會講究長幼秩序，狼群中不講這一套。牠之偏愛黑仔，完全出自一種說不清道不白的微妙心境。黑仔長得太像已死去的黑桑了，不但毛色是同一品系，連長相也惟妙惟肖，活像是從一只模型裡鑄出來的。瞧黑仔的鼻吻*，和黑桑一樣極富肉感，和黑桑一樣呈漂亮的S型線條，和黑桑一樣顯示出堅毅的氣質。當初，牠紫嵐很大程度上就是被黑桑那與衆不同的公狼的鼻吻弄得神魂顚倒，最後做了愛情的俘虜的。黑仔簡直就是黑桑的轉世和再造。牠們之間的唯一差別，黑仔尙是隻年幼的狼崽，但這一差別會隨著時間而消失的。毫無疑問，黑仔獲得了黑桑的全部遺傳基因，一定會長成像黑桑那樣具有強壯體魄、聰慧頭腦和出衆膽略的大公狼的。

紫嵐把全部的母愛都傾注在黑仔身上，在其他狼崽面前，牠也從不掩飾自己對黑

*鼻吻：動物的嘴稱爲吻，指動物鼻和嘴一圈。

仔的偏愛。每次餵奶，牠都先讓黑仔盡情吃飽，然後才輪到藍魂兒、雙毛和媚媚吃。黑仔的食量越來越大，差不多要把三隻乳房吸空了才肯罷休，占了牠總奶量的一半。剩下的一半，剛夠藍魂兒、雙毛和媚媚每狼一乳房乳汁。

這自然是極不公平的。有時，望著藍魂兒、雙毛和媚媚那副半飢半飽的饞相和對母親的過分偏愛所流露出來的不滿情緒，紫嵐心裡也會湧起一絲愧疚。都是自己身上掉下來的肉，都是自己所疼愛的寶貝，幹麼要厚此薄彼呢？但牠的奶是有限的，沒辦法同時滿足四隻狼崽的需要。牠也不能搞平均分配，平均分配的結果只能產生普遍的平庸。牠必須先滿足黑仔，黑仔身上寄託著牠的理想和希望。紫嵐在心裡已把黑仔看成是下一代狼王的繼承者和候選者。不，這種說法是不科學的，狼群社會並不存在王位繼承的說法，也不存在選舉制度；應該說牠已把黑仔看做下一代狼王的爭奪者和角逐者。既然如此，就要對黑仔進行身心各方面的重點培養，從幼年起就打下堅實的基礎，保證黑仔成長為強悍的「超狼」。也就是說，只能讓其餘三隻狼崽做出點犧牲，有所失才能有所得嘛。這有點狠心，卻是必要的。說到底，日曲卡雪山只能有一個狼王。

過了一段時間，雙毛和媚媚似乎已習慣了母親的偏心，默認了自己的地位，每次哺乳，總是先乖乖地蹲在一旁，先看著黑仔狼吞虎嚥，然後再鑽進牠腹下來吮吸乳汁，表現出一種守秩序識大體的氣度。惟有藍魂兒，仍是那股桀驁不馴的勁頭，每每看到黑仔優先獨享三乳房奶汁，臉上便露出一種極端嫉恨的表情，在旁邊按捺不住地跳躍翻滾，做出種種撲咬的姿勢，也許是想取而代之，也許是想分享平等的權益。

假如牠紫嵐不是一心想把黑仔培育成「超狼」，牠會欣賞藍魂兒身上那種叛逆的性格的。野心勃勃才是狼的本色。只有狗才逆來順受，才安於現狀。牠會鼓勵和慫恿藍魂兒把嫉恨付諸在狼牙和狼爪上的。但牠要讓黑仔當上下一代狼王的念頭太強烈了，牠只能用嚴厲的眼神制止藍魂兒這種篡位的企圖。這無疑是在束縛和扼殺藍魂兒狼的天性，牠心裡很難過。

這天，紫嵐在尕瑪兒草原追逐一隻草兔，狡猾的草兔躲進一片長滿毒刺的荆棘叢中，牠耗費了整整一下午的時間，好不容易才把草兔咬死。回到石洞，已近黃昏，四隻小狼崽等急了，也餓極了，一見牠出現在洞口，便齊聲歡呼著向牠撲來。按照慣例，牠斜臥在石洞中央，將飽滿的乳房先朝黑仔敞開。就在這時，牠擔心的事終於發生了。也許是餓極了的緣故，也許是長時間積蓄的嫉恨已達到了量的極限，當黑仔用一種理所當然的神態向牠懷裡走來時，突然，藍魂兒怒叫了一聲從斜裡竄出來，一頭撞在黑仔的腰部，把黑仔撞翻在地，然後撲進牠懷裡，張口就叼住平時一貫由黑仔享用的前胸那隻碩大豐滿的乳房。

紫嵐不知道是該用爪子把藍魂兒蹬開，還是默認這種反叛的行爲，牠正在猶豫，黑仔從地上爬起來了。牠的眼睛充滿困惑，怔怔地望著正取代牠享用甘美乳汁的藍魂兒，瞧得出來，牠被突如其來的打擊弄懵了；幾秒鐘後，牠似乎被一盆髒水潑濕了似地鬆開全身的狼毛抖了抖；隨著這一陣顫抖，牠的眼光由困惑變得仇恨，臉上那狼崽特有的稚氣的表情頓然消失，顯露出一副成年公狼才有的痛苦的表情；牠的眼角可怕地吊了起來，唇吻扭歪了，露出一口還不太結實的牙齒，仰天嗥叫了一聲，那嗥叫聲混合著悲憤、激動和嗜血的野性。

紫嵐心裡一陣欣喜。牠太熟悉這種表情了，過去在黑桑身上曾無數次看到過。每當狼王洛戛發號施令時，每當洛戛憑著狼王的優越地位搶先吞吃獵物內臟時，黑桑的臉上就會浮現出這樣的表情來。這絕不是平常因爭吵和摩擦所引起的普通的憤慨，即使最平庸的狼也不乏憤慨的表情。這是只有高貴的狼才具備的一種在狼群中也是十分罕見的表情，一種超級憤慨。這是地位受到挑釁、自尊受到踐踏、利益受到侵犯後的憤慨。支撐這種表情的，是一種強烈的優越感。黑桑之所以會面對狼王洛戛產生這種表情，是黑桑覺得自己生來就具有狼王的風采，天生就應當是狼王；洛戛占據在王位上，不但是歷史的誤會，也是對自己超衆的能力的一種嘲諷和褻瀆。這是一種難能可貴的心理原動力。眞是有其父必有其子，想不到黑仔小小年紀便具備了這樣的氣質。太好了，黑仔，這香甜的乳汁是屬於你的，這肥沃的尕瑪兒草原是屬於你的，這險峻的日曲卡雪山是屬於你的，整個世界都是屬於你的，你絕不容許別的狼來染指！這才是未來狼王的風采和心態。

黑仔撲到藍魂兒背上，兩隻小狼崽在地上鬥成一團。

紫嵐並不擔心會傷著誰，黑仔和藍魂兒畢竟都還年幼，牙還沒長齊，爪都還軟弱，是無法把對方咬傷或置於死地的。牠相信黑仔能取勝，優越感所激發出來的鬥志是非常頑強的。再說，就算兩隻小狼崽智力是平等的，但黑仔在足量的奶水的餵養下，力氣顯然要比藍魂兒大些。果然，不一會兒，黑仔就明顯地占了上風，把藍魂兒逐漸逼到石洞的角落去了。

咬吧，寶貝，張開你的嘴使勁地咬吧，今天你從藍魂兒嘴裡奪回來了本來就應該屬於你的乳汁，明天你就能從洛戛手裡奪回本來就應該屬於你的王位。

二

一定是自己過量的母愛影響了黑仔狼的天性的正常發展，紫嵐想，所以黑仔才會養成如此溫柔的吃奶風格的。每當黑仔稚嫩的小嘴含著牠腫脹的奶頭，貪婪地吮吸時，牠便會產生一種似水柔情，一種母性才具有的溫存。牠一面讓乳汁汩汩流進黑仔的嘴，讓寶貝盡情地吃飽喝足，一面會伸出狼舌，一遍又一遍深情地舔著黑仔漆黑如墨的體毛，直舔得小寶貝渾身閃閃發亮。好一個舔犢之情。但溺愛的結果，卻是狼性的扭曲！

瞧瞧哺乳時黑仔的吃相吧。黑仔總是用一種優美的姿勢仰面躺在牠的腹下，用極輕柔的動作把牠的奶頭含在嘴裡，很有節奏、很有規律地輕輕吮吸，母子間顯得非常和諧。

這種吃奶風格在狼群中是十分罕見的。

這其實是狗崽的吃奶風格。

紫嵐過去在郎帕寨行竊時曾目睹過母狗餵奶，狗崽的表現和黑仔現在的表現十分相似，也是母子間配合默契，自然而然滋生出一種甜蜜的依戀。

狗崽這種在哺乳期養成的對母狗的依戀，對狗的生存是極其重要的。這種溫情脈脈的哺乳風格，有利於誘發狗崽愛的天性，有利於泯滅狗崽身上殘留的食肉類動物的野性，鑄就狗的溫良敦厚的性格。更主要的是，狗崽對母狗的那種依戀會隨著年齡增長而轉移到主人身上，最後擴展到依戀整個人類。假如狗不具備這點愛心和戀情，人類是絕不會喜歡狗的，也不會把狗引以為最忠實的朋友的，狗也就不可能依賴人類生存在這個地球上了。愛心和戀情實在是狗的安身立命的法寶。

對狗來說是安身立命的法寶，對狼來講無疑是致命的毒素。

一般來說，幼狼剛出世的一段時間內，也會表現出依戀母狼的傾向。但到了哺乳的後期，特別是臨近斷乳期時，這種戀母傾向便自然而然地開始淡化和消失。具體表現在吃奶風格的演變上。紫嵐雖然還是頭一次生育，但牠早就熟睹了其他母狼在臨近斷乳期時的餵奶情景：幼狼像一夥患了飢餓症的小強盜，嗥叫著鑽進母狼的腹下，根本不講究姿勢，朝母狼的奶頭又抓又咬，狂吮濫吸，將狼的貪婪和野蠻的本性暴露無遺；常常是幼狼的爪子把母狼的乳房抓出一道道血痕，幼狼的牙齒把母狼的奶頭咬得鮮血淋漓。於是，母狼便疼得慘叫一聲，凶狠地用狼爪朝幼狼腦門上搧擊，打得幼狼在地上打滾，或者以牙還牙，把幼狼脊背上的狼毛咬掉幾撮。這當然很不近人情，卻符合狼情。

幼狼的這種行為看起來很殘忍，卻符合生存的最高原則，狼一經成年後便要離開母狼到荒蠻的草原和森林去獨立謀生，沒有依傍，沒有靠山；假如狼不是自幼便割棄那種強烈的戀母情緒，便會削弱牠們的獨立精神，軟化牠們桀驁不馴的野性；而狼就是靠這種獨立不羈的嗜血本性才得以在充滿激烈競爭的環境裡生存下來的，這是物競天擇適者生存的結果。

對幼狼來說，吃奶實際上是一種生存預習。客觀上，這種出自天性的野蠻的吃奶風格，有利於消除幼狼對母狼的依戀和母狼對幼狼的疼愛，形成一種離心力，有利於助長幼狼的獨立傾向。在幼狼的意識中，母狼的乳房是牠們的第一個掠食對象，牠們正是從這種野蠻的吃奶方式中養成將來成年後獨立謀生時所必需的血腥的捕食風格的。

在紫嵐的記憶中，幾乎沒有哪一匹生育過幼狼的母狼乳房上不是傷痕累累的。惟獨牠是例外，快到斷乳期了，乳房仍完好無損，光潔得找不出一點傷痕。由於受黑仔的影響，藍魂兒、雙毛和媚媚也依樣學樣地表現出溫柔敦厚的吃奶風格，這雖然免除了紫嵐的皮肉之苦，卻使牠十分憂慮。牠害怕這樣發展下去最終會使自己的寶貝消褪掉對狼來說是十分寶貴的強取豪奪的野性，那麼，別說把黑仔培養成下一代狼王了，恐怕連在荒原立足生存都會成問題。

每次黑仔飽吮了乳汁後，便會搖晃著毛茸茸的腦袋來舔牠的脖頸，或者打著飽嗝一會兒用後肢直立，一會兒滿地打滾，做出種種取媚邀寵的姿態來。紫嵐心裡明白，黑仔是在對牠表示自己的滿足和得意，在感激牠賜予和施捨的母性的恩澤。

這完全不符合狼的行爲規範。

狼性是絕對貪婪的，永遠不會得到滿足的。在狼的眼睛裡，世界只存在一種謀生手段，那就是攫取和掠奪。事實上誰也不會對狼進行恩賜和施捨的。因此，狼對恩賜和施捨這樣的概念應該十分陌生。狼的表情可以說相當豐富，悲傷、興奮、怨恨、憂傷、欣喜、陰沉、暴怒……等等，惟獨不該有取媚邀寵這種表情形態。

是自己過分的慈愛害了黑仔。

必須立即控制住自己氾濫的母愛，把黑仔畸形的性格矯正過來，把扭曲的靈魂扳正過來！

又到了餵奶的時候了，當黑仔溫順地捧著牠的乳房吮吸時，牠無緣無故地嗥叫一聲，就好像自己的乳房被咬破了似的，一巴掌搧過去；牠打得那麼兇，那麼狠，爪子落在黑仔的後腦勺和耳根之間，立刻，空中飄飛起一團黑毛，一串殷紅的血珠從黑仔的頸窩滴下來，黑仔慘叫一聲，從洞底滾到洞口。

自己下手下得太重了些，紫嵐想。作為母狼，看到自己的寶貝被揍出血來，未免有點心疼，但牠不後悔。牠是狼，牠不能有憐憫之心，牠就是要打掉黑仔對牠的依戀和溫情。

黑仔嗚咽著，抖抖簌簌從地上翻爬起來，滿臉委屈，滿臉哀傷，一副可憐相，用乞求的眼光望著紫嵐。黑仔，你不該這樣望著我的，紫嵐在心裡叫道，你應該表現得像真正的狼崽那樣，用困惑的表情來看著我；你的眼光應當變得冰涼，變得陌生，閃現出一道殘忍的光芒。這才叫狼，狼的本質就是殘忍，就是六親不認，就是野性畢露，那怕面對自己的親生母親。

黑仔嗚咽了一會，猶猶豫豫，又朝紫嵐走來。彷彿紫嵐是一塊高性能的磁鐵，對黑仔來說有一種無法割棄的磁力。你不能過來的，紫嵐想，黑仔，你應當記恨我對你的暴力，你應當萌生出一種離異的情緒。只有學會對母親仇視，你才能養成仇視整個世界的秉性，才能陶冶出讓整個日曲卡雪山和尕瑪兒草原顫抖的狼的野性。

但紫嵐的願望落空了，黑仔走回牠的身邊，伸出粉嫩的舌頭，小心翼翼地舔著牠的前爪，舔得那麼深情，那麼專致，還用柔軟的爪子把叮在紫嵐腕窩上的一隻綠頭蒼蠅驅趕掉。黑仔是在討好牠，想平息牠的怒火，想乞求牠的原諒和寬宥。

你沒做錯什麼，你不用乞求原諒的，紫嵐想，即便你做錯了什麼，你也不該希冀得到寬宥的。狼的本性應該是我行我素，不顧一切。

但黑仔一點也不理解牠的心情，繼續在牠身邊磨蹭著，把臉頰貼在牠的腿上，完全是一副小鳥依人的可愛模樣。一瞬間，紫嵐狼的鐵石心腸動搖了。眞的，黑仔並沒有什麼過錯，幹麼要如此粗暴地對待牠呢？但這種動搖持續了幾秒鐘，一種更爲強大的情感壓倒了母性的軟弱和動搖。難道牠能眼睜睜看著自己的寶貝退化成奴性十足的狗崽子嗎？牠能爲了毫無實用價值的溫情而毀了寶貝的錦繡前程嗎？

藍魂兒、雙毛和媚媚都蹲在石洞角隅，靜靜地觀望著。狼崽們都正處在性格塑造的關鍵階段，倘若這次示範失敗，會影響牠們整個身心發育的。

於是，紫嵐再一次抬起前爪，朝黑仔的腦門搧去。這次搧得更凶猛，尖利的狼爪在黑仔的眉際劃開一道血口。黑仔四足騰空，被猛烈撞在洞壁上。

黑仔從喉嚨裡憋出一串低嗥，聲音嘶啞，像在惡毒地詛咒，用充滿仇恨的眼睛久久地瞪著紫嵐。那眼光，像被冰雪浸漬過的石頭，又冷又硬。這是一種叛離的眼光。

黑仔是純粹的狼種，血管裡奔流著的是狼血，胸腔裡跳動著的是狼心，不乏狼的殘忍和野蠻。過去因爲被紫嵐過量的母愛浸泡著，暫時壓抑了本性，此刻溫情的面紗一旦被撕破，牠很容易就恢復了狼崽的本來面目。

望著黑仔猙獰的臉，按理說紫嵐是應該感到高興的。牠耗費心機挑起事端，不就是爲了達到這個目的嗎？但奇怪得很，牠非但一點也高興不起來，心裡還像塞了一團棉花，堵得慌，有一種無法排遣的惆悵，有一種沉重的失落。淘氣可愛讓牠心醉的寶貝從此不存在了，母子溫柔纏綣相親相依的情景只能在回憶和夢幻中再現了。溫馨的感情似乎有一種魔力，不但迷人，也迷狼。紫嵐明知道這是毒素，卻也難棄難捨。可惜，牠無法改變狼的生存方式。

來吧，孩子，現在該伸出你的爪，張開你的嘴，來搶奪芬芳的乳汁了！

其實，毋庸牠呼喚，也毋庸牠教誨，黑仔無師自通，張牙舞爪地衝進牠懷裡，對牠的乳房又抓又咬，將殷紅的血和雪白的奶一起吮吸進去。牠疼得差不多想一口咬掉黑仔的耳朵了。

這時，牠瞥見，蹲在石洞角隅的藍魂兒、雙毛和媚媚，眼睛裡都像變魔術般地換上了一副可怕的、陌生的眼光，刺得牠忍不住打了個寒噤。

不，牠應該感到欣喜才對，牠想。

三

狼崽們斷奶了。

由於紫嵐的偏愛和優先提供充裕的食物，黑仔長得出奇地健壯，頸粗實，臀渾圓，足足比藍魂兒、雙毛和媚媚高出半個肩胛，黑色的狼毛細密油亮，才半歲多點，乍一看，已像四半大的公狼了。更令紫嵐欣慰的是，黑仔精神上也趨於早熟，已很少和弟妹們打滾嬉鬧，身上那股頑皮的孩子氣似乎在一夜之間便消失了。每當藍魂兒、雙毛和媚媚在洞裡玩追撲遊戲時，黑仔總是站在一旁露出不屑一顧的神態。這未免有點孤獨。但紫嵐覺得，孤獨實際上是出衆的標誌，是一種高貴的品行，想當年黑桑在狼群裡也沒有可以在一起不拘形式打打鬧鬧的朋友，有的是嫉恨牠不願跟牠接近，有的是怕牠不敢跟牠接近，有的是因爲敬畏牠而避開了牠，不合群是因爲超群，天生是占據高位的狼王。

紫嵐並不爲黑仔孤僻的性格感到擔憂。

斷奶後的幼狼很能吃，四隻狼娃幾乎一頓就要吞食一頭羊羔。紫嵐雖然免除了乳房被撕破咬碎的痛苦，卻比以前更辛苦了，清早就要到山林覓食，不但要塡飽自己的肚皮，還要把新鮮的獵物拖回石洞。

那天，紫嵐拖著一隻雪雉回窩，轉過山岬，遠遠便望見黑仔站在石洞口，藤蘿上白色的小花把牠襯托得格外醒目。紫嵐又驚又喜。驚的是黑仔違背了牠的一再告誡，沒藏在石洞深處耐心等牠捕食歸來，而是跑到洞口來了，洞外是弱肉強食的世界，處處暗藏著殺機，隨時有可能遭遇不測的；喜的是黑仔果然不同凡響。一般情況，半歲齡的幼狼，爪牙都還軟弱，離開了母狼的監護，是不敢出窩的，往往還會表現出過分的機警和謹慎，須聽到牠熟悉的叫喚聲，須聞到牠熟悉的氣味，才肯從洞內跑出來爭享牠帶回的獵物。這種謹慎要持續到一歲以後，隨著爪牙逐漸鋒利，撲咬技藝日臻完善，幼狼才敢獨自跑出巢穴。

黑仔的膽魄是同齡狼崽的兩倍！

黑仔望見牠的身影，歡快地嗥叫一聲，竄出石洞，急不可耐地從牠口中搶奪雪雉。

紫嵐猶豫著，面對黑仔的冒險行爲，不知該責備，還是該鼓勵。站在母性的立場，毫無疑問，應當用嚴厲的手段教訓黑仔，禁止牠今後再去冒這種無謂的風險，要知道，站在石洞口，就等於把自己沒有防衛能力的生命暴露給食肉類猛獸了。但從培育未來狼王的角度看，對黑仔所表現出來的超級膽量不但不應該制止，還應放縱和鼓勵，超前教育才能塑造出傑出的「超狼」。紫嵐又想起了黑桑，黑桑也是自小就很勇敢的，還在一歲時，就敢孤身闖進羚羊群，從公羊們犀利的羊角下撲咬羊羔了。可以這麼說，超越年齡的膽魄正是日後成爲狼王的必不可少的素質。

想到這裡，紫嵐鬆開了叼在嘴角的雪雉，讓黑仔整個兒搶走，這等於在告訴黑仔，媽媽很欣賞你站在洞口這樣的勇敢行爲，這隻雪雉就是給你的獎勵，假如你能繼續發揚，你就能得到比你的弟妹們多得多的食物。

黑仔果然不辜負紫嵐的期望，膽子越來越大，在牠外出捕食時，不但跑到洞口玩耍，有時還會跑到洞外的草叢去追逐老鼠。有一次，一隻灰毛兔崽子碰巧路過石洞，黑仔單身追攆，追出石洞一里多遠，在箐溝的山泉旁才將獵物擒獲。當黑仔拖著灰毛兔崽子搖搖晃晃回到紫嵐身邊，紫嵐眞比在冰天雪地中咬開大公鹿脖頸上的靜脈血管飽吮一頓滾燙的鹿血還高興十倍。當同齡的狼崽龜縮在巢穴不敢外出時，黑仔已能獨自闖蕩山林獵食野兔了；那麼，等到同齡的狼崽們走進叢林時，也許，黑仔已成長爲身心兩方面都發育成熟了的大公狼了。

儘管這樣，紫嵐在欣喜的同時總爲黑仔的安全捏一把汗。牠是母狼，擺不脫母性的擔憂。牠以石洞為軸心，將方圓幾里內的山林都踏勘了一遍，牠搜索得特別仔細，連一個山洞、一塊岩石都不漏過，很好，沒發現虎、豹、熊、野豬、蟒蛇等能對幼狼生存構成威脅的野獸的糞便和蹤跡。石洞是隱蔽而又安全的。

紫嵐這才放下心來。

牠忽視了來自天空的威脅。

四

厄運是從天而降的。

在高聳入雲的日曲卡雪山峻峭的懸崖上，棲息著一隻金鵰。金鵰是食肉類猛禽，鷹類中的豪傑，長著一對鐵爪和一隻鐵鈎似的嘴喙，能捕食比自己的身體還重三五倍的動物。這天清晨，牠離巢在山林覓食。牠渴望能捕到肥嫩的羊羔或可口的岩鴿，但今天牠的運氣不佳，太陽升得老高老高了，還一無所獲。正當牠飢渴難忍的時候，牠盤旋到了石洞上空。牠美麗的黃褐色的羽毛在陽光下泛出一道道金光，巨大的翅膀有時自由地舒展開，一搧一搖，鼓起一團團雄風，有時靜止不動地撐張著，任憑山風吹拂，在寬廣的天空隨意滑翔。突然，牠銳利的目光發現山麓有一片藤蘿無風自動，鑽出一隻黑乎乎的傢伙來。哦，原來此處有一個走獸藏身的洞穴。金鵰俯瞰大地，視野開闊，那對淡黃色的眼珠靈敏度可以和人類精密的雷達相媲美。牠眨動了一下眼皮，看清這黑乎乎的傢伙原來是一匹幼狼，牠的熱情一下子減去了一半。牠能獵食兔崽、羊羔和鹿仔，甚至敢叼啄劇毒的眼鏡蛇，但對狼卻畏懼三分。狼的機警在日曲卡雪山是出了名的，極難從空中偷襲成功；尖利的狼牙能毫不費勁地咬斷鵰爪，咬折鵰翅，很有可能會弄巧成拙自己反倒成了餓狼果腹的食物。不到餓得萬不得已，金鵰是不會冒險襲擊狼的。當然，牠現在所看到的是一匹還沒有多少防衛能力的幼狼，但肯定是在母狼的陪伴和監護下幼狼才敢走出洞穴玩耍的。護崽的母狼更凶殘，更不好惹啊！

金鵰乾嚥了一口唾沫，正想拍拍翅膀飛到別處去覓食，但奇怪得很，在牠的視網膜下，怎麼就沒出現母狼呢？石洞外，野花姹紫嫣紅，那匹黑色的幼狼正在追逐一隻倉皇逃竄的小松鼠，顯得那麼無憂無慮。會不會狡詐的母狼就躲在附近的暗處，單等牠俯衝下去來撲咬牠的鵰爪呢？不太像。母狼是不會冒風險將自己的幼崽當作誘餌的。再說，石洞前是一片平坦的草地，兩邊是稀疏的小樹林，箐溝裡是一道清澈的泉水，沒有可以藏身的遮蔽物，牠可以看清草葉上的七星瓢蟲，即使母狼想躲起來，也逃不脫牠的視線的。金鵰對此十分自信。母狼唯一的可能，就是躲在藤蘿遮掩的石洞裡。金鵰折轉翅膀，借助斜照的陽光，將自己的投影準確地落在石洞口的藤蘿上，來回晃動著。倘若母狼確實藏在石洞裡，一定會被牠金鵰恐怖的投影驚醒，慌慌張張竄出來救護自己的幼崽的。

但石洞靜悄悄的，沒有任何動靜。

金鵰一陣興奮，看來，自己運氣不錯，母狼不在附近，也許是到尕瑪兒草原覓食去了。牠還沒有捕獵過狼，牠很想嘗嘗狼肉究竟是什麼滋味。牠在高空突然半閉起翅膀，急遽滑向大地。牠的翅膀摩擦空氣割裂山風發出輕微的聲響。湛藍的天空閃現出一道優美的俯衝線條，大地掠過一道恐怖的投影，鵰爪直指幼狼的腦殼。

黑仔正在追撵一隻淘氣的金背小松鼠。小松鼠蹦蹦跳跳，一會兒躍上樹枝，一會兒竄下草地，逗得黑仔心裡癢癢的。小松鼠翹著絳紅色的蓬鬆的尾巴，竟然坐在離地面約一米多高的樹丫上摘雞素果吃了。黑仔饞涎欲滴，剛想奮力朝上撲擊，猛然，碧綠的草地上出現一塊奇怪的黑影，正在悄然移動。這時，要是黑仔撒開四腿，鑽進不遠處那片布滿毒刺的荊棘叢，是能逃過這場劫難的。但牠畢竟年幼，缺乏生存經驗，根本沒意識到草地上移動的黑影是正在向牠俯衝的金鵰的可怖的投影。牠還覺得怪好玩的呢。當投影迅速朝牠移近，越來越濃，最後完全籠罩在牠身上時，牠才發現情況不妙，急忙轉身朝石洞奔逃。唉，狼怎麼逃得過展翅飛翔的金鵰呢。黑仔還沒逃出幾步遠，隨著一陣帶著血腥味的狂風，牠的脖頸和脊背像同時被幾把尖刀戳通，牠還沒來得及呻吟，四足已離開了地面，整個身體騰空而起。黑仔不愧是膽魄出眾的幼狼，即使是身陷絕境了，也沒被嚇癱，而是勇敢地扭翻身體，朝金鵰的腹部咬了一口。可惜，牠的狼牙還沒完全長硬，只咬下幾片金黃的鵰毛，連同殷紅的狼血，拋灑在碧綠的草地上。

金鵰怒嘯一聲，低頭用尖喙朝黑仔的眼睛狠狠啄去。頓時，黑仔兩眼漆黑……

這個時候，紫嵐正在尕瑪兒草原上追逐一隻離群的香獐呢。

黃昏，當紫嵐踏著夕陽拖著香獐回到石洞時，一切都早已結束了。望著草地上凌亂的鵰毛和已凝固了的斑斑狼血，牠明白發生了什麼事。牠母性的心破碎了。高聳入雲的日曲卡雪山山峰上，有一個小黑點在空中盤旋，那就是殘害牠苦心培育的「超狼」的金鵰。紫嵐沒有翅膀，不能飛翔，無法對仇敵報復。牠只能徒勞地對天空狂嗥一通，發洩自己的滿腔悲憤。老天爺爲什麼總是這樣不公平，命運爲什麼總是這樣殘酷，總是把不幸降落到牠紫嵐的頭上！

也怪自己太疏忽大意了，怪自己培養未來狼王的願望太急切了，讓黑仔過早地跨出洞穴走進嚴酷的叢林。也許，這正是命運對自己野心的一種懲罰。牠在同命運的抗爭中又輸了一個回合，輸得夠慘的。不，紫嵐是不會服輸的，優秀的狼是永遠不會在厄運面前屈服的！

牠淒厲的嗥叫驚醒了龜縮在石洞內的藍魂兒、雙毛和媚媚，三隻狼崽整齊地排成一字形，站立在紫嵐面前。橫躺在紫嵐和牠的狼崽們中間的是剛剛捕獲的已被咬斷了喉管的香獐。

香獐狹長而又醜陋的臉上毫無生氣，古銅色的體毛上鋪著一層玫瑰色的夕陽。突然，紫嵐跳到早已死絕了的香獐身上，發瘋般地咬開香獐的肚皮，扒出血淋淋的內臟，然後，用冷酷的眼光逼視著藍魂兒。

瞧這美味可口的獐心獐肝，以往只有黑仔才有資格享用的。黑仔死了。現在該輪

到你了，藍魂兒，來，過來，把這副獐心獐肝吃掉！現在該由你來頂替黑仔的位置了。

第三章

一

秋天像個流浪漢，穿過日曲卡雪山丫口，來到尕瑪兒草原遊蕩。寒風吹來，草尖開始泛黃，枯落的樹葉在天空飄來飛去。有一天半夜，突然降落一場清霜，把草原最後殘存的一點綠色都清洗掉了。蛇、熊等冬眠動物急急忙忙尋找越冬的巢穴。鹿群和羊群變得更加小心謹慎，躲進草原深處，或藏身於僻靜的山坳，輕易不再露面。對狼來說，覓食變得越來越困難了。出於一種生存的壓力，每年到了這個時候，散居在草原四周的野狼便結束孤單勇士的生涯，從四面八方聚到一起，形成強大的狼群。牠們依靠群體智慧和群體力量，度過嚴酷的冬天。氣候寒冷而又食物匱乏的冬天對野生動物來說，是一場災難，狼也不例外。

當紫嵐帶著藍魂兒、雙毛和媚媚趕到狼群聚集的臭水塘時，已有二、三十條狼先牠到達了。分別了大半年，狼群發生了許多變化。老狼甲甲和尼尼老死在草原上了；大公狼柯索在追捕一頭犛牛時，不愼被牛角挑斷了一條後腿，變成跛腳狼了。變化最大的還是那些年輕的母狼，幾乎都攜帶著狼崽而來，有的帶三、四隻，有的帶一、二隻，都和藍魂兒差不多大小。

狼王洛戛也來了，正神氣地主持著認親儀式。這是狼群社會特有的儀式。每年深秋野狼化零爲整時，凡新生的狼崽，乍到狼群，就要由母狼陪伴，領到狼王和每一匹成年狼的面前，互相嗅嗅對方的體味。對狼崽來說，是熟悉自己所屬的狼的大家庭，對狼王和成年狼來說，是認可大家庭的新成員。這樣，將來分散後一旦在覓食時不期而遇，便不至於會發生家庭內的自相殘殺。

狼王洛戛和牠最親密的夥伴古古蹲在水塘邊，挺著胸脯，讓十幾隻狼崽依次來嗅聞自己的體味。狼崽們顯得戰戰兢兢，而洛戛卻用一種居高臨下的姿勢，伸出狼舌在狼崽們的額際象徵性地舔一下。與其說是認親儀式，毋寧說是狼王在接受小臣民的朝

拜。狼也有貴賤之分。

輪到紫嵐了。洛戛的狼臉上露出一絲不易覺察的譏笑，聳動了一下身體，立刻，兩條前肢和脖頸的交匯處，栗子般的肌腱一塊塊凸突出來，蜂腰豬臀，顯得精悍而又壯實；那口尖利的牙齒，白裡泛青，一望就知道能把最堅硬的花崗石都咬成齏粉＊；那雙眼睛，放射出冷幽幽的光，顯得格外傲慢。紫嵐曉得，黑桑生前曾對洛戛的王位構成過威脅，洛戛嫉恨黑桑，並殃及紫嵐，雖然黑桑已經死了，但死亡並沒能消除這種刻骨的嫉恨。

唉，假如黑桑沒暴死鬼谷，今天就不會是洛戛神氣活現地主持認親儀式了，那麼牠紫嵐就不會像現在這樣扮演一個俯首貼耳的普通母狼的角色，而一定是和黑桑並肩而立成為眾狼仰慕的狼后。紫嵐心裡一陣傷感。

牠把藍魂兒領到洛戛面前，當藍魂兒的唇吻觸及到洛戛的胸脯時，牠看到洛戛的眼睛裡閃過一抹迷惘，嘴角不自然地抽搐了一下。洛戛一定是在藍魂兒身上看到了黑桑的影子，所以才會失態的，紫嵐想。洛戛，你的眼光還很膚淺，藍魂兒不但長相一

＊齏粉：齏粉是一個詞，形容細和碎，即粉末。

半像黑桑，一半像紫嵐，還繼承了黑桑的靈魂呢。紫嵐很是得意。

洛戛沒像對待其他狼崽那樣舔藍魂兒的額際，而是舉起前爪粗暴地將藍魂兒推開了。

洛戛，你反常的舉動暴露了你內心的空虛和緊張，反襯出藍魂兒的潛在力量。洛戛，等到明年秋天，翠綠的草葉再度泛黃時，你就要爲你今天的粗暴和無禮付出沉重的代價，紫嵐在心裡這樣想道。

二

狼群中最活躍的是那些幼狼們。當成年狼圍殲獵物時，牠們在一旁歡呼雀躍，吶喊助威；當狼群圍著獵物聚餐時，牠們從公狼的身邊、母狼的胯下擠進去，嗷嗷爭奪。對這些幼狼們來說，這是牠們來到這個世界後第一次生活在大家庭裡，好奇心壓倒了陌生感。牠們要熟悉狼群社會的生活方式和各種有形無形的規矩，熟悉狼的價值標準，並通過觀摩，學習父兄們獵取食物的高超技藝，爲兩年後離開母狼獨立生活做好準備。

幼狼都是淘氣而又好動的，免不了在玩耍或爭食時發生摩擦和衝撞。

這天，狼群在草原捕獲到一頭郎帕寨牧民走散的黃牛。黃牛瘦骨嶙峋，身上沒多少肉，對大大小小五十來匹餓狼來說，自然是僧多粥少，爭搶得十分激烈。

紫嵐搶到一塊肋骨。

雙毛和媚媚同那些幼狼一起，在成年狼的屁股後面悠轉，撿食掉在地上的肉末和骨渣。

藍魂兒不錯，機靈地從正在獨自享用牛心牛肝的洛戛身邊擠進圈內，一口叼住一隻血淋淋的牛腰。受到冒犯的洛戛憤怒地在藍魂兒屁股上咬了一口。

挨一口咬換一隻牛腰，這買賣並不虧本，紫嵐想，朝藍魂兒投去讚賞的眼光。

藍魂兒顧不得疼痛，叼著牛腰拚命從狼圈的縫罅鑽了出來。突然，一匹毛色棕黃正在狼圈外圍撿食肉末和骨渣的幼狼猛撲上來，雙爪卡住藍魂兒的喉嚨，橫蠻地從藍魂兒口中搶走了牛腰。

紫嵐認得這匹幼狼，是母狼黃妮所生的狼兒，名叫黃犢，比藍魂兒大三個月，身子比藍魂兒高出一大截。紫嵐咬著牛肋骨，靜觀事態的發展。

藍魂兒挨了咬才好不容易弄來的牛腰被黃犢攔路劫走，自然憤慨，嗥叫一聲追上去。黃犢並不逃避，氣哼哼地張開嘴；黃犢的狼牙上那層稚嫩的乳黃色已經褪盡，白得耀眼，泛著成年公狼才有的冷光，眼瞼間露出一副要一口咬死對方的凶相來。

藍魂兒不由得停住了腳步，怔怔地望著身子比自己高大、爪牙比自己堅硬的黃犢，躑躅了一會，突然轉身朝紫嵐奔來。

嗚——嗚——藍魂兒委屈地嗥叫著。

嗚——嗚——藍魂兒用求助的眼光望著牠。

紫嵐明白，藍魂兒是想讓牠去把牛腰奪回來。牠輕而易舉就能做到這一點的，黃犢絕不是牠的對手，就算母狼黃妮來助戰，牠也不怕。狼兒遭受了委屈，做狼母的當然心疼。但牠的理智克制住了牠要替藍魂兒出出氣的衝動。牠不能這樣去做，這樣做等於害了藍魂兒。

黃犢蹲在不遠的草叢裡，正津津有味地咀嚼著牛腰。

嗚嗚——藍魂兒焦急地催促著。

紫嵐像沒聽見似地端坐不動。

孩子，你遭受了強暴，遇到了委屈，媽媽理解你的心情，卻很不欣賞你跑到媽媽身邊來告狀和求援的作法。你生活在狼群中，就不該幻想正常公平的生活秩序，就不能希冀在發生摩擦和衝撞後有誰會站出來主持公道或仲裁是非。狼是沒有上帝的，也沒有人類社會的法律。狼只遵循弱肉強食的叢林法則。強者就是法律，力量就是眞理。你必須學會這一生存原則，才能在狼群中生存下去。

藍魂兒並不理解紫嵐的苦心，用責備的眼光望著紫嵐，甚至用牙叼住紫嵐的胸脯，使勁朝黃犢的方向拖曳。

紫嵐從喉嚨裡憋出一聲低沉的嗥叫，狠狠地在藍魂兒脊背上咬了一口。

藍魂兒慘叫一聲，跳開了。

記住，這就是你愚蠢地想尋求公正和正義的結果！你想吃到美味可口的牛腰嗎？那麼你就伸出你的爪、張開你的牙，去拚去搶去廝殺！

這時，黃犢已經把牛腰囫圇吞進肚去了。

藍魂兒一定是餓壞了，也饞極了，望著紫嵐嘴下的那塊牛肋骨，抖抖縮縮走上前來，想分享一點。紫嵐毫不客氣地舉起前爪一掌把牠揍出兩丈遠。

沒出息，你想永遠躺在媽媽的懷裡生活嗎？

藍魂兒遭受到雙重委屈，眼裡泛起一片晶瑩的淚光。

哭是無用的表現，紫嵐厭惡地想，狼是輕易不流淚的。只有人類和人類所豢養的狗才動輒流淚，用哭泣減輕自己的痛苦。

紫嵐用極快的速度把牛肋骨吃了個乾淨，然後，瞪起陰森森的眼光望著藍魂兒，既不上去勸慰，也不妥協讓步。你既然無能，就活該挨餓。牠要讓藍魂兒從小就牢記這一點，眼淚在狼群中是沒有用處的，既不會減輕痛苦，也不會改變悲慘的處境。靠牙和爪得不到的東西，靠眼淚就更得不到。對狼來說，痛苦是不能用眼淚來發洩的，而要把痛苦埋在心底發酵，然後凝聚到牙和爪上去。

漸漸的，藍魂兒眼眶裡的淚水被怒火燒乾了，這一夜，藍魂兒是在飢餓和屈辱中度過的。

翌日下午，狼群在日曲卡雪山的山腳下撿到一頭因難產而窒息的母岩羊。藍魂兒捷足先登，搶到半塊羊胎。巧極了，又被黃犢撞見。黃犢昨天已嘗到過一次甜頭了，此刻更是肆無忌憚，撲上來就要搶奪藍魂兒已到口的美食。

藍魂兒似乎早有提防，扭腰閃開，揚起後蹄，在黃犢的右腰猛蹬了一下。黃犢吃了虧，凶狠地嗥叫一聲，朝藍魂兒又撕又咬。藍魂兒畢竟比黃犢小三個月，年幼體弱，才鬥了兩個回合，半塊腥羶的羊胎就被黃犢搶去了。

黃犢得意揚揚地銜起羊胎，想跑到清靜的岩石背後去獨自享用。這時，藍魂兒從地上翻爬起來，抖抖黏在身上的土屑和沙塵，望望陰沉著臉在一旁觀戰的紫嵐，狼眼裡泛起一道嗜血的野性的光芒。極度的飢餓，昨日的恥辱，狼母殘酷的教訓，終於使牠提前成熟了，終於使牠比同齡幼狼都要早得多地爆發出全部潛在的狼性。牠悶聲不響地尾隨著黃犢，猝不及防地躍到對手身上，朝黃犢的頸窩、耳朵和眼瞼拚命噬咬。

這架式，已遠遠超出了淘氣的幼狼們遊戲式的打架鬥毆。

黃犢也不是窩囊廢，牠自恃身子比藍魂兒高大，扔下半塊羊胎，朝藍魂兒反撲。很快，牠就把藍魂兒壓在地下了，在藍魂兒的脊背上一連咬了三口，咬得狼毛飛旋，狼血漫流。

臭傢伙，該認輸了吧，該服氣了吧。

黃犢從藍魂兒身上跳下來，心想，藍魂兒一定會拖著尾巴嗚咽著逃走的。牠想錯了。牠剛從藍魂兒的身上跳下來，藍魂兒猛地往前一竄，一口咬住了牠那根蓬鬆的棕黃色的尾巴。牠扭轉腰，反身咬住了藍魂兒的右耳朵。

嗚嗚，黃犢在警告，快放掉我的尾巴，不然我就要咬下你的耳朵！

嗚嗚，黃犢在試圖講和，你放掉我的尾巴，我放掉你的耳朵。

一切均屬徒勞。

咔嚓，黃犢的尾巴被藍魂兒咬斷了；嘎嗒，藍魂兒的右耳朵被黃犢咬下來了。一個成了禿尾巴狼，一個成了獨耳朵狼。

黃犢看到，藍魂兒滿頭滿臉都是血，一點沒有要罷休的意思，神情極其可怕，齜牙咧嘴地又朝牠衝將上來。黃犢雖然比藍魂兒大三個月，到底還是匹幼狼，年幼無知，沒經歷過這個陣勢，沒有生死拚搏的心理準備。顯然，今天除非把藍魂兒咬死了，才能得到半塊羊胎；自己果眞有這點力量把藍魂兒咬死嗎？會不會兩敗俱傷同歸於盡呢？黃犢雖然表面上還占著上風，但精神卻處於頹勢。眞的，爲了區區半塊羊胎，犯得著去拚個你死我活嗎？牠動搖了，就在藍魂兒爪子即將落到牠身上的時候，牠轉身落荒而逃。

藍魂兒得意地叼起地上的半塊羊胎，大口咀嚼起來。羊胎糯滑而又爽口，味道好極了。

紫嵐把一隻吃剩一半的羊腿送到藍魂兒面前。這是對勇敢者的嘉獎。

藍魂兒毫不客氣地把羊胎和羊腿統統吃光。牠已經領悟到了生活的眞諦。

三

犛牛噴了個響鼻＊，勾起碩大的牛頭，亮出頭頂那對象牙色的犀利的牛角，朝卡魯魯的胸脯刺去。按理說，卡魯魯應該扭腰跳閃，避開力大無比卻又愚蠢透頂的犛牛的鋒芒，從薄弱的側面進行襲擊的，這是捕食的常識呀！但卡魯魯卻站立在犛牛面前凝然不動，好險哪，牛角尖已快挑破卡魯魯胸脯上的皮了，說時遲那時快，卡魯魯閃電般地躍起，從兩支牛角之間狹小的空隙竄過去，撲到笨拙的牛脖子上。這簡直是在玩命，紫嵐想，兩支牛角之間的空間狹小得剛剛能使一匹狼勉強通過，只要稍有疏忽，只要略有偏差，便會被牛角開膛剖腹，死於非命的。埋怨的同時，紫嵐又不得不

＊響鼻：騾馬牛等動物鼻子裡發出響聲叫打響鼻兒。

佩服卡魯魯出衆的膽略和高超的技藝，撲擊的時機把握得那麼好，落點那麼準，眞是一門藝術。

犛牛挑了個空，吼叫著，撒開四蹄朝草原深處狂奔，想擺脫狼群，但已經遲了，卡魯魯趴在牛脖子上，開始用銳利的牙齒噬咬頸側的靜脈血管。犛牛一定是意識到了自己正處於生死關頭，意識到了爬在自己脖頸上的惡狼正在對自己的生命構成巨大的威脅，便又跳又顚，狠命甩動牛脖子，還將脖頸朝一棵大樹上撞擊，想把卡魯魯從脖頸上摔下來。但可憐的犛牛的努力落空了，卡魯魯比螞蟥還叮得牢。

「噼」一聲脆響，犛牛脖頸上的血管被咬斷了，迸濺出一片血光。在狼群的歡叫和犛牛的哀號聲中，卡魯魯抬起滿嘴血汙的狼臉，朝牠紫嵐投來意味深長的一瞥。

秋天是狼的發情季節，激動不安的公狼們的求愛方式是頗爲奇特的，往往用驚險的捕食和野性的廝殺來炫耀自己的驍勇和剽悍，以此來取悅和征服母狼們，尋找到自己所中意的配偶，完成繁衍子孫的本能。

其實，紫嵐憑著母狼特有的敏感，早就從卡魯魯的眼睛裡看出對方的心曲了。眼睛是心靈的門窗，這句話不但是人類的至理名言，對狼也同樣適用。從狼群聚集的第一天起，紫嵐就感覺到卡魯魯投射到自己身上的眼光有點異樣，像火焰，像辣椒，又燙又辣，傳遞著情愛的信息。牠不過是佯裝不懂罷了，裝憨裝傻是擺脫誘惑的好辦法。牠紫嵐沒心腸談情說愛，藍魂兒、雙毛和媚媚都還小，需要牠付出全部心血去撫養。

咕咚，犛牛終於失血過多栽倒在地，口吐血沫，四蹄抽搐。狼群一擁而上，分屍而食。紫嵐因爲想著心事，動作慢了半拍，沒能擠進圈內去。牠正著惱，突然，卡魯魯拖著一大圈犛牛肚腸從圍屍而食的狼圈內擠出來，興致勃勃地跑到離牠不遠被雨水沖刷出來的一個小土坑裡，朝牠低聲嗥叫，「歐歐」，叫聲溫柔而又充滿熱情。牠曉得，卡魯魯是在邀請牠過去同食。

牠猶豫著，不知道該不該過去。

對一匹雄性的狼和一匹雌性的狼來說，同食就意味著同寢。這方面紫嵐是有經驗的，當年牠還是一匹情竇未開的小母狼，就是因爲在臭水塘邊和黑桑同時捕獲到一隻豪豬，沒發生狼群中司空見慣的爭奪，而是友好地分享了，於是，牠和黑桑自然而然成爲形影不離的伴侶。

紫嵐暫時還不想尋找生活的伴侶。但望著肥膩膩的犛牛肚腸牠又饞得直流口水。最好是想個兩全之計。

紫嵐狼眉一皺，哈，何不用曾經對付過獨眼狼吊吊的辦法來對付卡魯魯呢？

吊吊也是一匹成年公狼，在黑桑死後不久，企圖用一隻狗獾來引誘牠，結果是白白讓牠飽餐了一頓狗獾肉。

紫嵐主意已定，裝出一副羞澀的模樣，遲遲疑疑朝卡魯魯靠近。卡魯魯在土坑裡友好地騰出一個空位，用嘴把犛牛肚腸拱到牠的面前。牠朝卡魯魯嬌媚地扭了扭腰，大口吞食起來。一眨眼的工夫，那盤犛牛肚腸已讓牠吃掉了三分之二。卡魯魯眼光裡那種占有的欲望變得越來越強烈，開始用粗糙的舌頭舔牠的四肢，舔牠的脊背，用一種貪婪的神態嗅聞牠的全身，毫不掩飾自己的最終目的。紫嵐忍耐著，加快進食的速度。不一會，犛牛肚腸被牠吃個淨光，連掉在地上的血粒都舔淨了。卡魯魯還在癡迷地貼近牠。好了，肚子已經填飽了，想要的東西已經得到了，該翻臉了。牠已經有過在關鍵時刻翻臉的經驗，那次吊吊請牠吃狗獾，吃完後，牠用爪子一抹臉，羞赧的神態便像夢一樣消失了，換上了一種拒對方於千里之外的冷峻。吊吊還不覺悟，還要黏黏乎乎，牠冷不防在吊吊的耳根上狠咬了一口，吊吊差點沒氣暈過去。後來，吊吊愚蠢地想用暴力來制伏牠，迫使牠就範；這在狼群中是習以爲常的事；但紫嵐擺出一副以死抗爭的架式，迫使吊吊放棄了使用暴力的念頭。現在，該故技重演了。卡魯魯又把嘴湊到自己臉上來了，自己一張口就能穩穩咬住對方的脖子，角度最佳，時機也最佳，絕不會咬空的。

紫嵐已張開嘴，亮出尖利的牙齒，可是彷彿突然間喪失了噬咬能力，竟遲遲捨不得咬下去。牠突然覺得自己不應當用對付吊吊的辦法來對付卡魯魯。

吊吊是狼群中地位最末等的公狼，身體瘦弱，腦子反應又很遲鈍，那隻眼就是被一頭公羊挑瞎的。假如眼是被雪豹摳瞎的，那是勇敢的標誌；而傷在公羊角下，無疑是一種恥辱。因此，沒有哪一匹母狼看得起吊吊。

卡魯魯就不同了。卡魯魯是匹黑黃兩種毛色混雜的大公狼，四肢粗壯結實，全身肌腱凹凸，鼻坚挺，耳直豎，顯得剽悍而又瀟灑，具有十足的雄性美感，是繼黑桑之後的又一匹眞正的公狼，現在在狼群中的地位僅次於狼王洛戛和洛戛忠誠的夥伴古古。

牠怎麼能把優秀的卡魯魯和醜陋的吊吊相提並論呢？

牠不能濫施粗暴。牠應當換一種禮貌而又客氣的態度去謝絕卡魯魯。

紫嵐正想著，眼光的虛光瞄見左斜方有兩條狼影晃了一下。牠扭頭一看，原來是雅雅和佳佳兩匹小母狼，正怒視著牠，眼光裡充滿了酸溜溜的妒嫉，充滿了同性之間的排斥和敵意。

紫嵐曉得，卡魯魯平時在狼群中很得母狼們的青睞，無論是飽食後在草原溜達消食，還是在月光斑駁的小樹林裡露宿，總會有好幾匹母狼在卡魯魯周圍轉悠，或用舌頭幫牠捋順被秋風吹亂的狼毛，或替牠驅趕討厭的蚊蠅牛虻。對母狼們來說，卡魯魯是很理想的配偶。雅雅和佳佳當然會嫉恨自己的，紫嵐想，牠們恨不得撲過來把牠撕咬成碎片呢，如果可能的話。突然間，牠產生了一種得意和快感，一種在競爭中獲勝的滿足和欣喜。雖然雅雅和佳佳都是情竇初開的妙齡小母狼，而自己已經是下過一窩崽了，但卡魯魯卻只對自己感興趣；公狼是母狼的鏡子，紫嵐從卡魯魯火辣的眼睛裡看到了自己的雌性魅力。

雅雅和佳佳在左斜方的草地上騷動不安地跳來竄去。

同性之間的妒嫉變成了一種催化劑，使紫嵐忘記了自己想要拒絕卡魯魯的初衷。彷彿是故意要刺激和氣惱對方似的，牠張著嘴本來準備噬咬卡魯魯脖子的，現在臨時更改了動作，變成了親吻。纏纏綿綿之際，牠乜斜起眼睨視著雅雅和佳佳，仇恨吧，痛苦吧，牙齦流酸水吧，誰讓你們長得又醜又蠢的！

雅雅和佳佳像負傷似地慘嗥一聲，逃向草原深處。

紫嵐感受到一種從未有過的暢快。

卡魯魯的動作變得越來越粗野，喘著粗氣，流著口涎，狂熱地舔牠的四肢、肩胛、臉頰、腰窩……。

雅雅和佳佳已經給氣跑了，戲也該收場了，紫嵐想。但卡魯魯粗野的撫愛似乎有一種魔力，使牠心旌搖曳，很難把持住自己。牠想起了黑桑，黑桑的動作也是如此粗野，撲到牠身上半是親吻半是噬咬，使牠覺得全身堅硬的骨架像被泡在陽光裡，酥軟了，融解了，產生了一種被征服者的依戀；牠甚至迷上了黑桑那種帶著愛欲的虐待。生活剎那間變得無限美好，草顯得更綠了，雲顯得更白了，雪山顯得更雄壯了。狼的生命在自然的交配中顯出神秘的特質和瑰麗的色彩。

紫嵐此刻回憶起黑桑，在富有理智的人類的眼光裡，未免不合時宜。也許會以爲亡夫的陰影將敗壞牠追求幸福的興致。這是對狼的誤解。狼畢竟是狼，既不講守節，也不講貞操，在異性之間的交往中，只按快樂原則行事。牠想起過去和黑桑待在一起時的種種樂趣，更使牠無法抗拒卡魯魯身上那股令牠神魂顛倒的大公狼所特有的氣味。

來吧，卡魯魯，太陽已經把大地曬得暖融融，小土坑裡鋪著厚厚一層落葉和蓑草，富有彈性，還散發出一股醉人的草香和陽光的溫馨。對狼來說，這是最高級的銷魂的婚床了。牠已停止了徒勞的掙扎，抗拒的眼光也變成了期待。

淡紫色的暮靄和玫瑰色的夕陽交織在一起，籠罩在整個尕瑪兒草原上。秋風挾裹著日曲卡雪山上的雪塵，有一股透心的涼意，但假如雙方緊緊地依偎在一起，料峭的秋風也會變成和煦的春風。來吧，卡魯魯。牠用一種母狼所能做出的嬌媚的姿勢愜意地橫臥在小土坑裡。

牠是母狼，牠是年輕的母狼，牠是生命力非常旺盛的母狼，牠正處在秋天狼的發情季節。

卡魯魯沉重的雄性軀體正在慢慢壓迫著牠。牠癡癡迷迷地等待著奇妙的時刻來臨。從此以後，牠和卡魯魯將締結一種嶄新的伴侶關係。

草原顯得格外幽靜。

就在這最後一秒鐘，突然，紫嵐從即將變成婚床的小土坑裡蹦起來，眼光中的癡迷倏然消失，恢復了狼的冷峻和嚴厲，緊張地注視著正前方的草原。

吸引紫嵐視線並引起牠情緒突變的，是一群正在追逐一頭犛牛犢的幼狼。牠不曉得犛牛犢是怎麼會落入狼群的，也許，是來尋找已被狼群獵殺的母牛，結果稀裡糊塗跑到這裡來了。反正，犛牛犢已經被幼狼緊緊包圍住了。成年的狼們都懶洋洋地躺臥在草叢裡，並不插手這場有趣的圍獵，誰都明白，一群幼狼是足夠對付一頭犛牛犢的了，雖然犛牛犢的體型要比任何一匹幼狼大好幾倍。這倒是鍛鍊和培養後代的絕好機會。成年的狼們在觀望，在欣賞。引起紫嵐高度注意的並不是獵殺本身，這類血腥的場面牠見識得多了，神經早就麻痹了；牠感興趣的是自己的寶貝藍魂兒、雙毛和媚媚在這場圍獵中的表現。犛牛犢逃到一丘土堆前，眼看前後左右的去路都被堵死了，就擺出一副困獸搏鬥的架式來，威脅性地哞哞吼叫，朝幼狼搖晃頭頂那兩支只是象徵性地隆起的又短又嫩的肉角。幼狼們的年幼無知，完全缺乏捕殺經驗，被犛牛犢的虛張聲勢嚇住了，在離犛牛犢四五米遠的地方，你推我擠地不敢躥撲上去。紫嵐曉得，這個節骨眼上，只要有一匹幼狼勇敢地帶頭撲上去，整群幼狼便會呼嘯著緊跟上來。牠看見雙毛和媚媚擠縮在幼狼群的最外圍，扮演著吶喊助威的配角角色。牠並不太失望，因爲牠原本就對雙毛和媚媚沒寄託太大的希望。牠把眼光轉移並定格在藍魂兒身上。藍魂兒站在幼狼群的最前列，和藍魂兒並排的只有那匹名叫黃犢的幼狼。身後十幾匹幼狼都在擠兌著藍魂兒和黃犢，慫恿牠們站出來帶個頭。

藍魂兒，我的寶貝，你應當勇敢地挺身而出的，紫嵐在心裡呼喚道，犛牛犢雖然體型龐大，卻是不堪一擊的草包，你沒有理由害怕的。即便面對凶猛的仇敵，你也不能往後退縮的。你不應當是靠群體的膽力才能取勝的普通草狼，你是未來的狼王，狼王的個性永遠應當是凶猛、凶猛、再凶猛。藍魂兒，這可是顯露你出衆膽略的極好機會，只要你帶頭朝犛牛犢撲咬，你就在同輩的幼狼中樹立了威信，就無形之中變成了牠們的精神領袖，也就爲你日後爭奪狼王位置打下了堅實的基礎。

第一個撲上去，藍魂兒，你不要猶豫了。

但藍魂兒遲遲疑疑，欲撲還休。

突然，犛牛犢吼叫一聲朝藍魂兒衝來，藍魂兒閃身避開，包圍圈露出一個缺口，犛牛犢從缺口逃了出去，奔向茫茫草原。幼狼們驚叫著追了上去。

草原上捲起一團團渾濁的土塵。

紫嵐嘆了口氣，感到非常失望。

這時，卡魯魯黏黏乎乎又朝牠身上貼過來了。紫嵐輕輕一跳，躲開了。卡魯魯，求求你，別這樣了，我現在沒這份情趣。卡魯魯把牠的謝絕誤解成羞怯了，繼續靠近來用舌頭舔牠的全身。牠一陣煩躁。牠知道，如果現在答應了卡魯魯，從此就要把一半身心割給對方，不，也許還不止一半身心，而是要獻出整個身心。想當初牠和黑桑要好後，整天沉浸在甜蜜的愛欲中，除了覓食，根本顧及不到其他事情了。再說，極有可能會重新懷孕，生下一窩新的狼崽，那麼，牠就更抽不出時間去照顧和培養藍魂兒、雙毛和媚媚了。那麼，要把藍魂兒培養成下一代狼王的理想就成為泡影。瞧藍魂兒剛才在犛牛犢面前的表現，距離狼王應有的風采和氣度還十分遙遠，需要牠用整個身心付出全部心血去重新塑造。牠已沒有剩餘的精力來奉陪卡魯魯，雖然牠心裡已經

開始喜歡卡魯魯了。卡魯魯，原諒我的絕情，請你理解一匹肩負著培育兒女的母狼的艱難，請你理解我的矛盾心情。一俟寶貝們長大，一俟理想化爲現實，我會主動投入你懷抱的。

卡魯魯不是母狼，沒有過母狼的體驗，是無法對紫嵐的處境和心情產生深刻的同情和理解的。牠是個現實主義者，絕不會滿足於空洞的許諾。牠早就急不可耐了，不管三七二十一撲到紫嵐的身上來。

紫嵐費了很大勁，又一次掙脫出來。

卡魯魯一臉困惑，怔怔地望著紫嵐，突然，牠又撲過來，叼住紫嵐的一隻耳朵，試圖用暴力來征服。

紫嵐無可奈何地嘆了口氣，看來，溫柔的抗拒對野性十足的公狼來說是不起作用的，只能以暴力對付暴力。牠瞅準機會，在卡魯魯的肩胛上狠咬了一口。

卡魯魯嗥叫一聲，從紫嵐的身邊彈開了。牠被咬痛了，也被咬醒了，眼裡迸射出一股寒光，低聲吼叫著，慢慢朝紫嵐逼來。

紫嵐既不逃跑，也不擺出迎戰的姿態。牠靜靜地等待著。來吧，卡魯魯，撲上來咬我吧，不要憐憫，也不要客氣，把我咬得渾身鮮血淋漓，這樣，我欠你的情份就算償還清了。

不知是卡魯魯不願降低自己的身分跟一匹母狼相鬥，還是因爲牠確實喜歡紫嵐而捨不得來傷害，在逼近紫嵐只有一步之遙時，牠突然從鼻腔裡哼出一聲，扭身悻悻地離開了小土坑。

紫嵐心裡感到格外沉重。牠倒希望卡魯魯撲上來把牠狠咬一頓，這樣，牠心裡就會輕鬆些的。

夕陽落到山峰背後去了，草原上一片灰暗，遠處爆亮起幾簇綠幽幽的磷火。寒蛩在爲秋天吟唱著淒涼的輓歌。紫嵐跳出了小土坑，走了幾步，牠又忍不住回頭望了一眼，坑底的蓑草和落葉間蒸發出淡藍色的暖氣，還鋪著一層銀白色的星光。這眞是理想的婚床。牠苦笑了一下，終於離開了。

這時，追逐犛牛犢的幼狼們回來了，個個垂頭喪氣，顯然，牠們追捕沒有成功，讓犛牛犢逃掉了。紫嵐旋風般衝進幼狼群裡，叼起藍魂兒，跑到一個僻靜的地方，不由分說，沒頭沒腦地對藍魂兒又踢又咬，揍得藍魂兒遍體鱗傷。記住，你天生就應當是同輩幼狼中的頭兒，在任何場合你都不能退縮，你都應當首當其衝地撲上去！

黯淡的星光下，藍魂兒蜷伏在草窩裡，委屈地呻吟著。

紫嵐又開始後悔了。怎麼說，藍魂兒也還只是不懂事的幼狼，有些過錯是難免的，沒必要施之以如此嚴厲的懲罰。是自己失態了，牠不能不承認，似乎心裡憋得慌，需要一種發洩，才能獲得心理上的某種平衡。

唉，委屈了寶貝。

四

一場接一場大雪，使日曲卡雪山沿著彎彎曲曲的山麓形成的雪線迅速降低著高度。終於，白皚皚的積雪像一床巨大而又厚實的棉被，把遼闊的尕瑪兒草原鋪蓋得嚴嚴實實。偶爾有幾棵被凜冽的北風剪光了葉子的樹，裸露在雪野上。陽光失去了穿透力。

狼群夜晚露宿在背風的山窪裡，白天頂著漫天雪塵，在草原遊蕩，獵取食物。獵食變得越來越困難，羚羊、岩羊、馬鹿、香獐都不知藏匿到哪個山旮旯去了。有時好不容易在雪野尋覓到一串梅花型的獸蹄印，跟蹤追擊了大半天，突然老天爺降下一場鵝毛大雪，把獸蹄印揩抹得乾乾淨淨，又是白辛苦一場。幾天吃不到東西已變成常事，狼們一匹匹餓得肚皮貼到脊梁骨。半夜，寒風颳來，狼毛會凍得一根根倒豎起來，整個餓極了的狼群便會發出嬰兒啼哭似的淒厲的嗥叫。

儘管生存越來越艱難，藍魂兒卻在飢寒交迫中愈長愈大了。牠全身狼毛稠密，特別是毛色偏藍的脊背，被晶瑩的雪花摩擦得閃閃發亮；身體開始發育，寬闊的胸脯突出一塊塊飽滿的肌肉；牠的性情被飢餓折磨得越來越暴烈，一雙貪婪的眼睛裡閃爍著金屬般的冷凝的光澤。到了冬天快結束時，牠的個頭已差不多高及成年大公狼的眉際了。

藍魂兒不但個頭越長越高，相貌越來越帥，性格也越來越凶猛，獵食時總是不要命地衝在最前面，猛撲猛咬。那次，狼群一連五天在雪野裡沒找到任何食物，實在餓極了，便去獵殺冬眠中的狗熊。狗熊絕不是狼所能輕易對付得了的食草類動物。狗熊性凶蠻，力大無比，特別是那雙厚實的熊掌，能一掌把碗口粗細的小樹攔腰拍斷，再壯實的大公狼，被熊掌搧著，非死即傷。再說，狗熊在夏秋兩季喜歡蹭著松樹擦癢，全身塗滿黏黏的松脂，又到砂礫上打滾，幾層松脂幾層砂土把個熊皮糊得像穿了件牢實的鎧甲，熊皮本來就厚，再加上這層鎧甲，狼牙再尖利，也極難一口咬穿的。因此，平時在草原上遇到狗熊，狼群不但不會主動去招惹牠，有時還會避讓三分呢。要不是餓極了，要不是實在沒有其他辦法可想，狼群是不會去幹獵殺狗熊這樣極其危險的營生的。

在雪野裡尋找狗熊並不難，狗熊一般都是藏在幽深的岩洞裡或空心的巨樹間冬眠的。那天中午，狼群找到一棵老態龍鍾的苦楝樹，椏杈間有一個又大又深的樹洞，爬上樹枝，聳動狼鼻嗅嗅，洞裡有一股渾濁的騷臭，豎起狼耳聽聽，洞內傳出節奏感很強的呼嚕聲。各種跡象表明，這棵苦楝樹裡藏著一頭正在酣睡的狗熊。關鍵是要引熊出洞。

狼群圍著苦楝樹齊聲嗥叫，有兩匹膽大的公狼還趴在枝椏上，將狼嘴伸進樹洞去嗥，但洞裡的狗熊彷彿聾了似的，照樣酣睡。後來，狼群又想出個辦法，銜來些冰塊、冰碴，扔進樹洞去，但狗熊彷彿已失去了知覺似的，毫無反應。冰塊和冰碴扔得多了，被樹洞內的暖氣化成一汪水，從樹根滲進土層。

這一招失靈了。

剩下的唯一辦法，就是鑽進樹洞去，把又蠢又笨的狗熊從睡夢中咬醒。但樹洞有兩匹半狼那麼深；洞口朝天，洞形筆陡，易進難出。萬一進洞探險的狼動作慢了半拍，未能在狗熊痛醒前撤出樹洞，後果不堪設想。熊掌能像掰斷一棵嫩竹子似地把狼腰一把掐斷，或者把你塞到屁股底下，用肥大而又笨重的軀體把你碾成肉醬。

狼群在苦楝樹前徘徊著。

大公狼卡魯魯蹲在樹洞口，望著黑咕隆咚的洞底，試探著將一隻前爪伸進洞裡，又很快縮了回來。狼雖然本性凶猛，卻也懂得珍惜自己的生命。

就在這時，藍魂兒從狼群裡竄出來，跳上樹椏，和卡魯魯並排蹲在樹洞口，然後，扭過臉，朝樹下的紫嵐望了一眼。

紫嵐感覺到了藍魂兒這一瞥的分量。那束眼光極其複雜，既有對生命的留戀，又有對冒險的嚮往；既有怨恨，又有感恩；似乎在懇求紫嵐同意牠跳進樹洞去，又似乎在乞求紫嵐能出面阻止牠去送死……。

這是一個讓藍魂兒出頭露臉的好機會，卻是一個九死一生的冒險行為。紫嵐沉吟著，不知該如何表態才好。

藍魂兒像成熟的大公狼似地發出一聲低嘷，將狼頭往肩胛裡猛地一縮，倏地鑽進樹洞去了。

狼群停止了騷動。苦楝樹前一片靜穆，只有北風吹拂地面雪粒和雪粒摩擦碰撞的滋滋聲。紫嵐快急瘋了，樹洞裡還沒有動靜。時間彷彿凝固了。其實，才過了短短幾秒鐘，但紫嵐卻覺得漫長得似乎已過了一個世紀。

突然間，寂靜的雪野裡爆響起一聲悶沉的熊吼。紫嵐的心一下懸到嗓子眼，真想撲進樹洞去看個究竟。就在這時，一個熟悉的身影像箭一樣從樹洞裡射出來，在半空中挺胸收腹，做了一個漂亮的前滾翻動作，輕巧地落到雪地上。紫嵐急忙奔過去，將藍魂兒從頭至尾仔仔細細察看了一遍，寶貝好端端的，身上連一點磕碰的傷痕也沒有。

紫嵐這才長長舒了口氣。

藍魂兒不愧是紫嵐精心培育的「超狼」。牠先是四肢撐開，狼爪緊緊攫住樹洞毛糙的內壁，慢慢下到洞內。藉著洞口篩進來的一縷陽光，牠看見一頭胖墩墩的狗熊正坐在洞底歪著腦袋在沉睡。狗熊的冬眠不是常態的睡眠，而是半休克的昏睡，即使放串鞭炮恐怕也很難把牠驚醒的。

藍魂兒估量了一下地形，要是現在不問青紅皂白撲到狗熊身上去噬咬，恐怕很難安全逃出洞口的。樹洞太狹，牠無法施展狼的撲躍和躥跳的本領，只能慢慢往上攀逃；狗熊雖然笨重，但爬樹的技巧和速度絕不亞於狼，一旦痛醒，便立刻會抬起熊掌拍打膽敢闖進牠安樂窩來搗亂的不速之客。藍魂兒眨巴著眼睛，腦袋突然開竅，牠躡手躡腳地爬到狗熊肩上，兩隻後爪輕輕落到狗熊抱在胸口的兩隻前臂上，然後，對準狗熊那隻肉球似的朝天鼻子狠狠咬了一口，然後，仍然前肢搭在狗熊的肩上，後肢立在狗熊的前臂上，不改變姿勢。狗熊被痛醒了，哇地慘叫一聲，完全出於一種來自中樞神經的條件反射，在牠睜開眼睛的同時，抬起交叉在胸前的兩條前臂，一隻熊掌去捂鼻子上的傷口，一隻熊掌向外推去。就在狗熊眼睛欲睜未睜，兩條前臂向上抬舉的一瞬間，藍魂兒前肢高擎，後腿彎曲，猛地一蹬，借助狗熊抬臂的那股力量，「噌」的一聲躥出了樹洞。

乾淨、利索、漂亮！

圍觀的狼群爆發出一陣歡叫。連狼王洛戛都朝藍魂兒投去讚賞的一瞥。

過去，狼群也曾獵殺過藏在樹洞裡冬眠的狗熊，鑽進洞去探險的狼非死即殘。想不到藍魂兒小小年紀就創造出奇蹟來。紫嵐心裡真比吃了蜜糖還甜。

狗熊笨頭笨腦從樹洞裡爬出來了，滿臉是血，左掌捂住鼻子。牠眼角布滿了黃膿般的眼屎，睡眼矇矓，憤怒地大聲咆哮著。牠依仗著自己魁梧的身軀、結實的熊掌和鎧甲似的熊皮，根本沒把這些膽敢驚擾自己睡夢的狼放在眼裡。牠直立著用兩條後腿蹣跚地在雪地裡奔跑，追逐可惡的狼。牠漆黑的身軀在冬天蒼白的陽光和大地潔白的積雪中顯得有點滑稽。

只要引熊出洞，狼群就算是穩操勝券了。狼群有足夠的智慧來對付愚蠢的狗熊。狼在雪地裡的奔跑速度勝過狗熊，耐力卻要差一些。於是，狼群分成兩班，輪番來和狗熊周旋。狗熊盯著一匹狼追逐，眼看快要追上了，突然從旁邊又竄出一匹狼來，在牠眼前竄來跳去，轉移了牠的視線，分散了牠的注意力，牠就丟下先前那匹狼，改追眼前這匹狼了。狗熊不知道，這正是狼的車輪戰術，藉以消耗牠的體力，並在不知不覺間把牠逗引到離樹洞盡可能遠的地方去。狼群唯一擔心的，是狗熊在體力即將耗盡的最後關頭，龜縮進牠冬眠的安樂窩裡去，憑藉極其有利的地形，消極防禦，這樣，狼群就會前功盡棄了。

狗熊被狼的車輪戰術弄得眼花撩亂，追了丟，丟了追，結果連狼毛也沒抓到一根。牠似乎有點洩氣了，坐在雪地上，傻乎乎地望著神出鬼沒的狼群。這時，狼群已把狗熊引到一塊窪地，還能勉強望見狗熊冬眠的那棵苦楝樹。狗熊懶洋洋地撫摸著胸口那塊月芽形的白斑，鼻子上的傷口已被嚴寒凍封住，不再流血了。牠扭頭望望身後隱約可見的那棵苦楝樹，凸形的熊臉上浮現出懊惱的神態，看樣子想放棄這場徒勞的追逐了。

此刻狗熊雖然有點疲倦了，但仍有一半蠻力沒有消耗，要是狼群撲上去硬拚，起碼要有好幾匹會死在這雙凌厲的熊掌下。

狗熊已差不多要轉身往回走了，突然，藍魂兒匍匐著在雪地上爬行，悄悄繞到狗熊身後，冷不防撲到狗熊的背上，在狗熊的耳朵上咬了一口。狗熊嚎叫一聲向後仰倒，想把偷襲者壓在身底，但已經遲了，藍魂兒已敏捷地跳開了。

狗熊壓了個空，狼狽地從地上爬起來，抖抖黏在身上的雪粒；牠被激怒了，不顧一切地朝狼群追來……。

狼群終於把狗熊引到了一片小樹林裡，這兒再也看不見狗熊冬眠的那棵苦楝樹了。

狗熊突然想出個自以爲很聰明的足以對付狼群的辦法來了。牠面對著既無法抓到手又無法驅散的狼群，很神氣地走到一棵碗口粗的小樹前，兩隻熊掌抱住樹幹，沉重的軀體用力往下一壓，「啪」的一聲脆響，小樹被折斷了，空氣中瀰散開一股木屑的清香。牠舉起小樹，用一種炫耀的姿態朝狼群揮舞了幾下，牠要讓狼群看看自己神奇的力氣，最好把狼膽嚇破。

狼群發出嗚嗚的哀嗥，似乎被震懾了，似乎被嚇壞了。有一兩匹幼狼還驚慌地鑽進了母狼的腹下。

狗熊這下更得意了，又走到另一棵小樹前，用同樣的方法把樹掰斷。四棵、五棵、六棵……牠一口氣掰斷了二十多棵小樹，但狼群並沒有像牠所期望的那樣潰散逃跑。牠眨巴著深棕色的小小的眼睛，顯得十分困惑。

狼群像是忠實的觀衆，興趣盎然地欣賞著牠的表演。

可憐的狗熊，累得吭哧吭哧直喘粗氣。但牠還不死心，走到一棵歪脖子小樹跟前，想繼續顯示牠非凡的力氣。不知這棵歪脖子樹太結實了，還是牠這一次的動作要領掌握得不夠好，小樹被牠壓彎了腰，卻沒裂斷；牠剛鬆了點勁，小樹又挺直腰，恢復了原狀。牠似乎覺得這是件很失面子的事，吼叫了幾聲，拚出吃奶的力氣，發瘋般地掰樹。樹梢已被壓彎著地了，堅韌的樹幹仍然沒斷；狗熊已耗盡了力氣，身體壓趴在樹幹上想喘口氣，這時，小樹「嘣」的一聲彈回來，巨大的彈力把狗熊像顆子彈一樣彈射出四、五米遠，咚的一聲掉在雪地裡，被慣性翻了個觔斗，掙扎了兩次，也沒能重新站起來，累得口吐白沫，癱倒在地上……。

歐——狼王洛戛發出了撲咬的囂叫。

立刻，幾十匹狼從四面圍上去。熊血很快把那片雪地染紅了。不一會，雪地裡就只剩下一張熊皮和一副白花花的骸骨。

這一次，藍魂兒分享到了半顆珍貴的熊心。

紫嵐由衷地感到高興。藍魂兒已經完全按照牠的設計成長起來了。藍魂兒不愧是黑桑的狼兒，表現得如此勇敢、機智。現在，不但同輩的幼狼把藍魂兒視爲當然的頭領，就連那些成年大公狼也都對藍魂兒刮目相看了。藍魂兒已用自己超衆的膽魄爲將來爭奪狼王寶座鋪墊了堅實的基礎，理想已不再是虛渺的夢，而變成了已吊在嘴邊的一塊肥肉。冬天已接近尾聲了，再過幾天，當春雷轟響後，積雪融化後，草尖發芽後，狼群又會按照狼的生存規律化整爲零了。在春夏兩季裡，紫嵐一定要將狼的撲擊噬咬的全套本領統統傳授給藍魂兒。到了明年這個時候，藍魂兒差不多已完全發育成熟了，可以考慮動手爭奪狼王位置了。

紫嵐邊嚼著熊肉，邊盤算著。

五

要不是這場倒楣的倒春寒，狼群前幾天就該化整爲零了，也就不會有眼前的災難了。該死的老天爺，紫嵐惡毒地詛咒著，但絲毫也改變不了眼前殘酷的現實。

本來，驚蟄的春雷已經轟響，草原上的積雪已開始融化，光禿禿的樹枝上已開始綻出星星點點的嫩芽，狼群正準備各自散開，老天爺突然又颳起了西北風，又飄下了鵝毛大雪，又把狼群推到了飢寒交迫的境地，又是整整五天沒有獵取到任何食物了。

於是，狼群只得鋌而走險，到郎帕寨附近的河谷去覓食；在那裡，藍魂兒中了獵人的圈套。

要是牠紫嵐陪伴著藍魂兒走在狼群前列，那麼，慘禍是可以避免的；憑牠紫嵐豐富的生活經驗，牠一眼就能識破那頭被綁在樹樁上的血淋淋的山羊，其實是獵人設下的誘餌，是圈套，是陷阱。唉，偏偏在出事的節骨眼上，紫嵐和另外幾匹飽經風霜的老狼正走在狼群的末端。

命運是不可逆轉的，對狼來說。

當轉過一道山岬，潔白的雪地上突然出現一頭血液還沒有凝固的山羊時，走在狼群前端的幾匹年輕的公狼和幾匹幼狼便興奮地呼嘯一聲，不顧一切地撲上去搶奪。藍魂兒衝在最前面。藍魂兒已習慣了在獵物面前勇猛地帶頭撲咬。這實在太魯莽了，紫嵐想。

不，這不能怪藍魂兒魯莽，只能怪獵人太狡猾了，把捕獸鐵夾掩埋在積雪下面，偽裝得如此巧妙，使銳利的狼眼看不出半點破綻，使敏銳的狼鼻聞不出一絲異常的氣味。當然，也怪羊肉太細膩肥嫩了，開膛剖腹後五臟六腑散發出的血腥味太濃烈了，已餓得肚皮貼著脊梁骨的狼是極難抵抗得住這種誘惑的。

當時，紫嵐一發現前面有動靜，就從狼群的末端竄上前來，藍魂兒已撲到離山羊還有五六步遠的地方，紫嵐眼光落到躺在雪地上的死山羊身上，立刻感覺到情況有點異常，倘若這頭山羊是被雪豹或其他食肉類猛獸獵殺的，四周的雪地裡應當留有凌亂的搏殺的痕跡，但這兒的雪地裡卻平滑得連個腳印也找不到。再說，貪婪成性的雪豹是絕不肯把已經到口的山羊送給狼群的。驀地，紫嵐腦子裡閃過一道恐怖的陰影，這一定是獵人的詭計！牠立即發出短促、尖利的嗥叫，想阻止藍魂兒，但已經遲了，藍魂兒兩隻前爪已搭在山羊的身上；轟——乒，隨著一聲古怪的聲響，平靜的雪地裡突然蹦起一塊長方形的鐵疙瘩，罩著藍魂兒砸將下來，藍魂兒想躲，但哪裡能躲得過喲，鐵疙瘩以極快的速度砸下來，剛巧砸在藍魂兒的腰際。狼是銅頭鐵腿麻桿腰，腰部柔軟乏力，極易受到傷害。紫嵐走近一看，藍魂兒的腰耷落在鏽跡斑斑的鐵板上，那根具有無限韌性的彈簧夾死死扣在牠的腰眼上，使牠無法動彈。牠只能用爪子拚命在鐵板上抓刨，並發出淒厲的嗥叫。

餓極了的狼群繞過藍魂兒身邊，把那頭獵人用來當作誘餌的山羊吃了個乾淨。

這時，前方山岔口傳來人的笑聲和話聲。

「哈哈，逮著啦！」

「好漂亮的狼皮，價錢準賣得俏。」

山岔口的灌木林背後，鑽動著幾個人頭，還有幾隻獵狗在汪汪吠叫。

狼群緊張地騷動起來。狼王洛戛跳上河谷中央一塊突兀的磐石上，用嘶啞的嗓門發出一聲憤怒的長嘯，立刻，散落在雪地裡的狼群一匹匹挺立起來，齊聲嗥叫。穿透力極強的狼嗥在河谷迴盪，震得雪塵飄飛，震得一對在半空中飛翔的斑鳩肝膽俱裂，落地身亡。在恐怖的狼嗥聲中，七八匹身強力壯的大公狼殺氣騰騰朝山岔口撲去。牠們眼睛裡布滿血絲，牙齦裡冒著酸水，恨不得一步跳到埋伏在山岔口的用兩條腿直立行走的獵人跟前，一口咬斷他們的喉管。牠們剛撲到離山岔口還有四五十米的開闊地裡，突然間，山岔口透明純淨的空氣中迸濺起縷縷青煙，緊接著，河谷裡爆響起一排霹靂似的槍聲。霰彈像一群看不見摸不著的小精靈，撕破凜冽的空氣，撕裂狼皮折斷狼骨。衝在最前頭的四匹大公狼像遭雷電擊中似地慘叫一聲，蹦起兩三尺高，又重重摔倒在雪地上，滿地打滾，嘴裡大口大口吐著血沫，身上被霰彈撕裂的窟窿裡汩汩冒著滾燙的狼血，把雪地都染紅了。剩下幾匹僥倖未死的大公狼哀號著，拖著掃帚似的粗大的尾巴逃回狼群。

狼群更加慌亂，都眼巴巴望著狼王洛戛。洛戛望望悲痛欲絕的紫嵐，又抬頭望望西墜的太陽，沉默著。

最後一抹夕陽從河對岸斜射過來，照耀著滿地狼血和逐漸冷卻的狼屍，河谷的雪地裡籠罩著一片死亡的血光。

紫嵐不顧一切地撲到鐵夾上，用牙咬彈簧、咬插銷，咬固定鏈，牙齒咬落了四顆，咬得滿嘴都是鮮血，但鐵夾上只是多了幾個淺淺的齒印。整個捕獸鐵夾都是用堅韌的鋼鐵鑄造成的，並像生了根似地被固定在大地上，厲害得能逮住雪豹呢。紫嵐心裡很明白，一切想要把藍魂兒從捕獸鐵夾下救出來的努力都是徒勞的。

但牠是母親，牠要守在自己的寶貝身邊。牠說什麼也不能把自己的寶貝扔給獵人和獵狗而不管的。

狼群和獵人們僵持著。獵人不敢馬上對狼群發起攻擊，是因爲天快黑了；人的視覺、嗅覺和聽覺比起狼來是十分遲鈍的，狼在漆黑的夜晚能看透幾十米遠的目標，人卻連自己的五根手指都看不見。人類懼怕黑夜。

時間在悄悄流逝。

終於，天空撒下一件巨大的黑斗篷，罩住了大地。天快黑透了。

驀地，紫嵐腦子裡閃出一個大膽的念頭。牠要摸黑匍匐著接近山岔口，敏捷的狼爪踩在柔軟的雪片上不會發出一絲聲響，一直要悄悄爬到牠的狼舌已能舔及人的喉管了，牠才從雪地裡竄出來，撲向毫無防備驚慌失措的獵人，獵人肯定想舉起長長的能噴火閃電的獵槍來對付狼的，但已經遲了，牠的銳利的牙齒已咬斷了他們的手臂，已咬穿了他們的喉嚨。紫嵐曉得，人是靠能噴火閃電的獵槍才打敗狼的，要是人一旦無法施展獵槍，便會變得像稀泥巴一樣軟弱，人的牙齒連兔皮都啃不爛，人的爪子連樹皮都摳不動，赤手空拳的人絕對不是狼的對手。牠一定要讓人血償還狼血。不，牠要逮著一個活人，用血腥的狼牙威逼他打開捕獸鐵夾，把寶貝藍魂兒營救出來。

紫嵐舔了舔藍魂兒被雪水弄濕了的額角，安靜些，寶貝，媽媽一定會成功的。牠離開捕獸鐵夾，在雪地裡無聲地朝前爬行。卡魯魯和另外兩匹俠義的大公狼立刻緊緊伴隨在牠身旁，也學牠的樣，匍匐著朝山岔口逼近。

天完全黑透了，獵人無法看見牠們。不一會，牠們就爬完了三分之二的路程，眼看計謀就要得逞，紫嵐心裡充滿自信。就在這時，山岔口燃起幾堆篝火*，把天空映得通紅，把大地照得如同白晝。

黑夜被火光驅散了，紫嵐苦心設想出來的計謀也像肥皂泡一樣破滅了。

紫嵐僵臥在冰冷的雪地裡，不知該怎麼辦才好。這時，臥在紫嵐右邊的那匹名叫松松的公狼，不知是為了逞能還是因為缺乏經驗不曉得篝火的厲害，躥起來往山岔口猛撲，剛撲到篝火前，篝火背後砰的一聲脆響，松松被槍彈擊中，倒在雪地裡翻滾，在慣性作用下，跌進熊熊燃燒的篝火裡；松松還沒有斷氣，在煉火中掙扎慘叫，叫聲含有一種撕心裂肺的痛苦。篝火背後傳來獵人的勝利的歡呼和笑聲。突然，倒楣的松松從篝火裡跳出來，牠渾身燃著火焰，像一隻火球，跌跌撞撞向狼群滾來；也許牠是來向狼群求救的，也許牠是想要同伴替牠解脫痛苦。紫嵐清晰地看到，松松在透明的火球中扭動身軀，張大嘴巴，舌頭伸得格外長。火球一直滾進狼群，撞在磐石上，這才停止，在幾十雙驚駭的狼眼的注視下繼續燃燒。夜空瀰漫開一股狼屍被火化的焦臭

*篝火：指在空曠的地方或野外架木柴燃燒的火堆。

味。

整個狼群咆哮起來，就像魔鬼在哭泣。

人類的智慧確實比狼要高得多，山岔口傳來咚咚的象腳鼓聲和鏗鏘的銅鑼聲。象腳鼓越敲越激烈，銅鑼也越敲越響。排山倒海般的鼓聲和穿透力極強的銅鑼聲很快就蓋住了狼嗥，壓倒了狼嘯。整個河谷都被巨大的聲浪淹沒了，連大地都微微震顫。狼群被迫停止了徒勞的嗥叫。象腳鼓聲和銅鑼聲還在繼續，直敲得狼心惶惶。終於，狼王洛戛將狼嘴埋進積雪，透過雪的過濾，發出一聲嘆息般的嘯叫，這是撤離的信號，霎時間，狼群轉身逃出了危險的河谷，在積雪映白的大地上留下了一片模糊而又凌亂的狼的腳印。

紫嵐孤零零地佇立在河谷中央，藍魂兒還被扣在捕獸鐵夾下，牠不能走。對狼群棄牠而去，牠有點遺憾，但無法抱怨。人類太厲害了，人類憑著獵槍、篝火、銅鑼和象腳鼓已在精神上徹底壓倒了狼群；狼是憑著一股勇猛的士氣稱霸山林的，現在，狼群的士氣已經衰頹，狼心已經渙散，狼魂已經出竅，要是還像傻瓜似地等到天亮，那些堵卡在山岔口的獵人便會在討厭的獵狗的引導下，向已喪失了鬥志的狼群發起毀滅性的攻擊，沒有哪匹狼能逃過獵狗的追捕和獵槍的追擊，連所有的幼狼都會被斬盡殺絕的。狼群只能趁黑逃跑。

藍魂兒在彈簧夾下有氣無力地呻吟著。

紫嵐一顆母性的心快要碎了，牠邁著沉重的步子朝捕獸鐵夾走去，突然，狼尾巴被誰咬住了，牠扭頭一看，哦，是卡魯魯，卡魯魯的身後還站著雙毛和媚媚。牠已經冷透的心湧起一股暖流。到底還有狼冒著生命危險留下來伴陪牠。牠朝卡魯魯投去感激的一瞥。

卡魯魯銜著牠的尾尖，在使勁朝後拖曳，牠明白了，卡魯魯是要牠立即離開已被死神統治了的河谷；藍魂兒已經沒救了，幹麼還要留下來陪葬呢！

紫嵐拚命甩動尾巴，將尾尖從卡魯魯的嘴裡掙脫出來。謝謝你的好意，卡魯魯，我也知道留在這裡並不能挽救藍魂兒的生命，但我還是不能離開的，至少不到最後關頭我是不會離開的，因爲我是母親。

卡魯魯又跳到前面，攔住牠的去路，執意要牠離開。雙毛和媚媚也都朝牠淒涼地嗥叫起來，在向牠哀求。

牠突然狂嗥一聲，惡狠狠地朝卡魯魯撲咬，朝雙毛和媚媚撲咬。你們走吧，離開這裡！

卡魯魯被咬急了，雙毛和媚媚被咬疼了，無可奈何地轉身奔跑，不一會便消失在黑夜和白雪的交匯處。

此刻，空曠的河谷果真只剩下牠一匹孤狼了，不，還有藍魂兒。藍魂兒趴在無情的彈簧夾下，在痛苦地哀號。夜正濃，但山岔口的篝火在雪片和空氣的映照折射下，拋來一片橘紅色的火光。藉著這點微弱的光亮，紫嵐看見，藍魂兒正用恐懼的眼光盯視著牠。牠明白，藍魂兒是害怕牠離去。藍魂兒畢竟還是幼狼，害怕被拋棄，在危難關頭渴望得到母狼的庇護。

紫嵐伸出溫熱的狼舌在藍魂兒眼瞼、鼻梁和唇吻間來回舔著，動作平穩有力；寶貝，你不用害怕，媽媽沒離開你，媽媽正陪伴在你身邊。

焦躁不安的藍魂兒這才稍稍安靜了些。過了一會，藍魂兒兩隻前爪搭在紫嵐的脖子上，拚命朝前掙扎，並用乞求的眼光望著紫嵐。

牠在乞求紫嵐把牠救出絕境。

紫嵐沉重地嘆息了一聲，難過地搖搖頭。

藍魂兒的眼光變得怨恨，從喉嚨裡憋出一串惡毒的詛咒。

紫嵐傷心極了。不懂事的寶貝，要是可能的話，媽媽願意自己被壓在捕獸鐵夾下，把你換出來；你是我最得意的傑作，你身上寄託著我的全部理想和希望，我願意用自己的死來換得你的生。你要相信媽媽，媽媽不是不想救你，媽媽是想不出辦法來救你。媽媽咬不斷鐵夾，也找不到開啓捕獸鐵夾的機關。

啓明星升起來了，河谷對岸的郎帕寨傳來雄雞報曉的啼叫。夜色依然濃得像團墨，但這是黎明前的黑暗。紫嵐曉得，黑夜終將過去，曙光就要出現，自己是無法讓時間停止的。

一旦天亮，獵人就會端著塞滿火藥和鐵砂＊的獵槍，牽著氣勢洶洶的獵狗，順著河谷搜索追踪過來的。

剩下的時間不多了。

怎麼辦？怎麼辦？紫嵐心亂如麻，拿不準主意。也許，牠應該鑽進鬆軟的積雪

＊鐵砂：指火藥槍裡當子彈用的金屬粒屑。

裡，把自己隱藏起來，等獵人走近捕獸鐵夾時，冷不防竄出來，咬斷獵人的喉管，咬死一個夠本，咬死兩個賺一個。但這辦法似乎也很難行得通，倒不是牠紫嵐怕死，而是不等牠躥跳起來，機警的獵狗便會在積雪下找到牠，把牠團團圍困住，牠最多只能和一條狗同歸於盡，也許，牠應該緊緊守衛在藍魂兒身邊，不讓獵人和獵狗接近捕獸鐵夾，不，這主意更愚蠢，非但救不了藍魂兒，還會白白送掉自己的性命。雙毛和媚媚都還沒成年，需要牠去養育，牠不能送死的。

天邊出現了一道魚肚白，天快亮了。

看來，牠只能棄藍魂兒而去了。不，這不行。雖然該死的彈簧夾扣得太緊，致使藍魂兒血脈滯流，臀部和兩條後腿已失去了生命的溫熱和彈性，變得僵冷；雖然鐵夾已把藍魂兒的脊骨砸碎，每一次呼吸或掙動都會傳出輕微的碎骨碴和碎骨碴咔嚓嚓的摩擦聲；但狼的生命力極其頑強，仍能活下去；換句話說，藍魂兒會被獵人和獵狗活擒的。骯髒的獵狗會放肆地奚落和嘲笑藍魂兒的，或者先咬掉狼耳，再摳瞎狼眼，反正藍魂兒被壓在捕獸鐵夾下無法反抗，狗們便會表現出十倍的勇敢來。獵人也不會讓活狼死得痛快的，他們會用鐵絲拴住藍魂兒的脖頸，掛在馬背後，在雪地上奔跑，用淋漓的狼血和淒厲的狼嗥來慶賀自己的勝利，或者抬著藍魂兒走村串寨*，用活狼來炫耀自己的高超的狩獵本領。也許更殘忍，他們會把藍魂兒釘在大樹上，用尖刀活剝了狼皮，剜出還在跳動的狼心。

牠絕不能把藍魂兒留給獵人和獵狗。

牠一定要挫敗人類的計謀。

天邊玫瑰色的霞光代替了山岔口篝火的光亮。山巒、河流和草原的輪廓逐漸清晰了。獵人們醒了，獵狗也醒了，山岔口傳來人的說話聲、狗的叫聲和獵刀獵槍的叩碰聲。最多還有一頓早餐的時間，他們就會踏著晨光過來的。

藍魂兒一定是預感到死神已經迫近，出於一種求生的本能，伸出兩隻前爪，緊緊抱住紫嵐的脖子，再也不鬆開；牠喘息著，狂叫著，不讓紫嵐離去。

紫嵐溫柔地貼著藍魂兒，用狼舌和臉頰熱烈而又深情地撫摸藍魂兒的厚實的胸脯，肌腱發達的前肢，肉感極強的唇吻……。寶貝，媽媽絕不會丟下你不管的，媽媽會盡所能來幫助你的……藍魂兒閉起狼眼，似乎狼心安定，得到了慰藉……。紫嵐的

*走村串寨：類似「串門」，指從一個村寨走到另一個村寨。

舌頭舔及藍魂兒的頸窩，狼牙觸碰到富有彈性的柔韌的喉管，裡面有狼血在奔流，如潮似湧，充滿青春的活力，那是黑桑傳下來的血脈啊，牠把全部母性的溫柔都凝集在舌尖上，來回舔著藍魂兒潮濕的頸窩，鍾情而又慈祥；藍魂兒被濃烈的母愛陶醉了，狼嘴發出嗚嗚愜意的叫聲；突然間，紫嵐一口咬斷了藍魂兒的喉管，動作乾淨利索迅如閃電快如疾風，只聽得「咔嗒」一聲脆響，藍魂兒的頸窩裡迸濺出一汪滾燙的狼血，腦袋便咕咚一聲栽倒在雪地裡，氣絕身亡了。藍魂兒至死都不明白是怎麼回事，臉色相當平靜，嘴角還凝固著一絲笑紋，那是一種被母親撫愛時的幸福神態……。

藍魂兒死得毫無知覺，因此也就死得毫無痛苦。

寶貝，原諒媽媽的心狠，媽媽沒有第二種選擇，媽媽只能用這種殘忍的辦法來幫助你。對你來說，這是唯一的最好的解脫。死亡是狼永恆的歸宿。

紫嵐呆呆地望著躺在雪地上逐漸冷卻的藍魂兒，嘴裡像塞滿了苦艾。

這時，山岔口傳來獵人爲自己壯膽的吶喊聲，傳來獵狗興奮的長吠短叫。

紫嵐再次用濕漉漉的舌頭舔舔藍魂兒已僵硬的眼皮。寶貝，你放心，媽媽絕不會丟下你不管的，絕不會讓兩足行走的獵人用你來炫耀他們的本領，絕不會讓懦弱的狗來嘲笑你奚落你玷辱你的靈魂！牠跳到彈簧夾那兒，狠命啃咬藍魂兒的腰部；藍魂兒已被鐵夾夾斷了脊骨，咬起來並不太費事；但紫嵐每咬一口，心裡就像刀絞似地一陣刺痛。

終於，牠把藍魂兒從腰部咬斷成兩截，好了，牠總算把寶貝從該死的捕獸鐵夾下解救出來了，雖說已成了碎成兩段的屍體。

牠叼著藍魂兒，步履踉蹌地離開了河谷。當牠轉出山岬時，背後隱約傳來獵人怒氣沖沖的咒罵聲和獵狗驚奇的吠叫。遲了，兩足行走的獵人和蠢笨的狗，你們遲了，你們除了已溶進雪地的一汪狼血和黏在捕獸鐵夾上的幾撮狼毛，是什麼也得不到的。

紫嵐拖著藍魂兒一直跑進尕瑪兒草原的深處，在一座隆起的土丘頂端，扒開積雪，用銳利的狼爪在堅硬的凍土上掘出個洞，把藍魂兒的兩塊胴體埋了進去。天上又紛紛揚揚地飄灑大雪，不一會就填平了狼冢，抹淨了痕跡。

第四章

一

現在，輪到雙毛來繼承黑桑的遺願了。

當紫嵐把視線集中到雙毛身上時，不由得一陣傷感。雙毛體格瘦弱，比同齡幼狼整整矮了半個肩胛，胸脯和四肢的肌肉平平耷耷，缺乏雄性的風采，渾身毛色灰暗，無論是在太陽底下還是在月亮底下，那雙狼眼總是半閉半睜，似乎還沒睡醒，整個形象顯得有點委靡。

紫嵐一開始就擔心，怕雙毛這身筋骨難以馱載起「超狼」的重負。牠發現雙毛除了身體方面處於弱勢外，身上還表現出一種使牠很難容忍的精神上的缺陷。對狼來說，這是一種致命的缺陷。

雙毛似乎天生缺乏桀驁不馴的野性，在兄妹組合的小家庭也好，在狼群的大家庭也好，從來不跟誰打架鬥毆，有時同齡的幼狼無緣無故地在牠屁股上咬了一口，或者惡作劇地把牠蹬翻在地，牠絕不會反抗，而是採取逃跑戰術，躲閃到一邊去，溫柔得像隻小貓。追捕獵物時，牠從來不會奮勇當先，總是尾隨在狼群後面，助威嗥叫；當狼群獵殺到食物後，牠也從來不敢擠進內圈去爭搶可口的內臟，而是撿人家吃剩的皮囊和骨渣。雙毛的所作所爲和狼群中地位最末等的吊吊沒什麼差別，任其發展下去，狼群只能是多了一匹最平庸的草狼＊。

最使紫嵐窩火＊的是，雙毛在遭受種種不平等待遇後，並不感到委屈（委屈是改變現狀的契機），也沒表現出應有的憤慨來（包括在狼群背後偷偷憤慨也不曾有過），似乎這一切都是順理成章的，眞是十足的奴性。

紫嵐想不通雙毛怎麼會是這份德性，牠和黑桑都是頂天立地的優秀的狼，怎麼會

＊草狼：指普通平庸的狼。

＊窩火：積鬱著怒火無從發洩。

生下這麼一匹嚴重雌化的狼兒呢？要不是牠親身體驗過雙毛跨出產門時的陣痛，牠簡直要懷疑雙毛的血統是否純正。雙毛是牠和黑桑結合的產物，也是黑仔和藍魂兒同胞兄弟，是什麼原因使得雙毛種氣嚴重退化的呢？紫嵐爲這個問題所困擾，想了許久，才用狼的直線性思維推斷出結論：是自己一年來先是把注意力完全集中在黑仔身上，後是把注意力完全集中在藍魂兒身上，忽視了雙毛的身心成長，特別是在食物分配方面，經常因偏愛黑仔和藍魂兒而委屈了雙毛，嚴重的營養不足致使雙毛比同齡幼狼都長得矮小，體格羸弱自然力量不足，力量不足自然精神委靡，精神委靡自然膽魄渺小。

紫嵐想到這裡，未免有點內疚，但同時也爲自己找到了問題的癥結感到高興。牠相信，只要讓雙毛的身體壯實起來，精神上的缺陷是能不攻自破的。

眼下，要獲得豐裕的食物並不困難。

殘雪已經融化，鵝黃色的草芽已長出兩三寸高了，尕瑪兒草原一片新綠。雪線又退回到日曲卡雪山的山腰間去了，蟄伏的蟲獸被春雷驚醒，被陽光催逼著從洞穴、山窪、地縫、樹根裡鑽出來，世界生機盎然。那些爲躲避暴風雪遠遷他鄉的鹿群和羊群，也匆匆返回故土，貪婪地咀嚼肥嫩的草芽，以補充冬天的消耗。

羊吃草，狼吃羊，狼糞又滋潤青草，自然界的生態鏈環環相扣。

到處都是美味的食物，對狼來說。

狼群已解體了，紫嵐攜帶著雙毛和媚媚重又回到了已闊別半年的石洞。穿過葛藤鑽進洞去，突然間紫嵐覺得石洞比原先寬敞了許多。其實石洞還是原來容積的石洞，是因爲少了藍魂兒，石洞所以才顯得空落落。想起藍魂兒，紫嵐一顆心又像被雷電擊中似地痙攣抽搐，頓時有一種筋疲力竭的衰老的感覺。唉，死的已經死了，悲哀也是白搭，紫嵐想，重要的是要讓還活著的活出點名堂來。

牠開始著手重新塑造雙毛的形象，從肉體到精神。

牠已經不是去年春天的紫嵐了，那時牠懷著身孕，很難捕捉到獵物。現在牠身上已沒有什麼負擔了，身邊還有雙毛和媚媚當助手，雖然撲咬手段還顯得稚嫩，但至少可以替牠堵截竄逃的獵物，替牠吶喊助威。覓食已不再是一種負擔，而成爲一種娛樂和享受，每次都不落空，每天都滿載而歸。遇著草兔、狗獾、樹蛙這類小動物，牠已懶得費力氣去追攆，牠專門挑選馬鹿、麂子、岩羊這類肉質細膩血漿又具有滋補功效的動物作爲日常食譜。每次將獵物撲擊倒地，趁獵物還未斷氣血液還未凝固，就讓雙毛咬破獵物頸側的動脈血管，飽吮一頓滾燙的血漿，並把獵物的心、肝和腸子盡量先滿足雙毛的食欲。

春天和夏天一眨眼就過去了。

這種餵養方法確實有奇效，雙毛個頭猛躥，幾乎是一天一個變化。到了秋天，雙毛已足足比紫嵐高出半個肩胛，上半身的黑毛光滑得就像塗了一層彩釉，腹部和四肢的褐黃色的毛色由淡變濃，呈現出一種栗紅色的光澤；軟耷的脊梁神氣地弓凸起來，乾瘦的胸脯和四肢爆突出一塊塊結實的腱子肉，半年前臉上那種委靡的神情消失得無影無蹤，臉色變得開朗而充滿自信，從外表看，雙毛已是一匹長得挺帥氣的大公狼了。

在紫嵐大半年時間的精心傳授下，雙毛的捕食技藝也日趨成熟，在向亡命奔逃的麂子撲擊時，尖利的狼爪能像釘子似地深深嵌進麂子皮囊，狼牙能在奔跑顛簸中準確地一口咬斷麂子喉管。

望著已按自己預想成長起來了的雙毛，紫嵐心裡充滿了自豪。牠考慮著怎樣在即將來臨的冬天，在狼群中讓雙毛嶄露頭角，為日後爭奪狼王寶座鋪墊下基礎，等到下一個冬天，就能把自己夢寐以求的理想付諸實施了。

紫嵐總以為，過去雙毛身上顯露出來的精神缺陷，早已隨著身體的發育壯實，捕食技藝的成熟和完美，消失於無形了。

轉眼就到了冬天，散居在尕瑪兒草原角角落落的狼們又按自然屬性麇集成群了。紫嵐很快就發現，自己大半年的心血算是白費了，雙毛身上的精神缺陷根本就沒有像自己所期望的那樣消失掉，甚至沒有任何淡化或削減。遇到同齡公狼，仍然卑怯地龜縮在一旁，其實雙毛的體格比牠們都要壯實得多，理應成為牠們的中心的；獵食時，雙毛仍然扮演吶喊助威的角色，這種小角色在狼群中是頂不起眼的，若論撲咬技藝，雙毛比任何一匹公狼都不遜色，完全可以在這種場合表現自己的；在狼王洛戛面前，雙毛一副低眉順眼的奴才相，對洛戛的每一個號令，都立刻響應並執行，從來不表示異議……。

有好幾次，紫嵐朝雙毛的屁股又撕又咬，威逼牠放棄撿食人家吃剩的肉末和骨渣，用狼爪和狼牙擠進正在瘋搶狂吃的狼圈，但雙毛竟然嚇得瑟瑟發抖，寧肯屁股被撕咬得鮮血淋漓，也不敢去和公狼們爭搶食物。

雙毛似乎已甘心情願做一匹狼群中地位最末等的平庸的草狼，毫無怨言地做洛戛麾下最馴服的臣民。

好一個窩囊廢。

紫嵐這才徹底看清，狼兒雙毛雖然在體格上已發育成熟，但在精神上卻還是個侏儒。造成這個不幸悲劇的原因，很明顯，是在雙毛斷乳期前後，自己因爲偏愛黑仔和藍魂兒，忽視了對雙毛的精神培養和性格塑造；因爲寵愛黑仔和藍魂兒，便有意無意把雙毛擺在一個可有可無的位置上；甚至更糟，常常被兩位哥哥戲弄和欺凌，從小養成了一種自卑意識。紫嵐想起來了，在黑仔還沒有被金鵰叼走前，有一次雙毛在石洞裡捉到一隻全身淺綠色的蛤蟆，正逗弄時，被黑仔發現，黑仔蠻不講理地上來搶奪，雙毛不願意，摟著黑仔在石洞裡扭打起來，黑仔雖然力氣比雙毛大，但彼此都是剛出世不久的狼崽，狼牙和狼爪都還稚嫩，是很難把雙毛徹底制伏的；雙毛雖然居下風。卻很頑強，被黑仔仰面壓倒在底下，仍不斷地用兩條前爪撕抓黑仔的心窩，雙毛一定是覺得自己無緣無故受到欺凌，很不服氣。就在黑仔和雙毛打成一團時，牠恰巧從外面覓食歸來，見狀大怒。黑仔是牠選定的未來狼王，理應養成爲所欲爲的作風，豈容抗拒？這時，黑仔正爲自己久戰未能取勝而急得嗚嗚亂叫呢。紫嵐撲過去，在雙毛的前腿內側咬了一口，雙毛立刻被制住了，黑仔得意揚揚地把淺綠色蛤蟆占爲己有，玩弄於股掌之間。雙毛委屈地縮在石洞的角落裡嗚嗚叫著，並用仇恨的眼光盯視著黑仔。紫嵐又撲過去，在雙毛的肩胛和脊背上咬了幾口，牠要讓雙毛認清自己在這個家庭中的地位，在未來的狼王面前恪守規矩。

雙毛果然被徹底制伏了，隔天黑仔又來搶奪牠正在玩耍的一隻山耗子時，不但沒反抗，還恭順地去舔黑仔的後爪……。

哺乳期前後是狼的性格的定型階段，好比窯內的磚塊，一旦燒得畸形，是很難糾正的。

要是牠紫嵐現在膝下還有兩匹狼兒，牠一定會放棄重新塑造雙毛形象的努力的。已經定型的磚塊是很難改變其形狀的，還不如重新打一塊泥坯重新用窯火燒煉省事省心得多呢。但紫嵐已不可能有第二種選擇，牠只剩下雙毛了。當然還有媚媚，但媚媚是匹母狼，母狼是不可能爭奪狼王寶座的。雙毛是唯一可以繼承黑桑遺願的狼兒，牠只能正視這個現實，即便付出更大的力氣和代價，也要把雙毛這顆畸形的狼心扭正過來。

整整一個漫長的冬天，紫嵐全副身心都投放到重新塑造雙毛形象的工程中。牠一會兒用溫柔的母愛和熱情的鼓勵，一會兒用飢餓脅迫或毆打威逼，可說是軟硬兼施，恩威並重，傳統的教育手段全使上了；這些在黑仔和藍魂兒身上很靈驗的教育手段原封不動地套用到雙毛身上卻失去了效力。有一次，紫嵐又看見那匹名叫黃犢的禿尾巴公狼無緣無故地追咬雙毛，雙毛哀嗥著在雪地裡奔逃，便又氣又急，竄過去截住了雙毛的逃路，先是瞪起狼眼發出嚴厲的警告：轉過身去，用你並不比別的公狼遜色的牙和爪，向欺凌你的黃犢復仇！雙毛用充滿畏懼的眼光向後面瞄了瞄，不敢轉過身去，而是臥在雪地裡，兩條前爪在鬆軟的積雪中刨出個洞，將臉埋進雪洞裡，似乎這樣就可以逃避來自身後的黃犢的威脅和來自前面的母狼的懲罰。軟弱到了極點，也愚蠢到了極點，紫嵐一怒之下，跳過去在雙毛的後頸咬了一口，牠咬得太狠了，雙毛的後頸裂開一個很深的口子，翻捲出白白的肉，滴下一串殷紅的血。雙毛慘叫一聲，跳起來，逃向茫茫雪野。

雙毛雖然很自卑，但智商並不低，牠也曉得狼母紫嵐想讓牠出狼頭地，成爲獨領風騷的狼王。牠也曾想過好好地表現一番，以討得紫嵐的歡心。但牠從小受到冷落，在黑仔和藍魂兒面前抬不起頭，牠已習慣了在強者的陰影中生活，習慣了被遺忘，養成了根深柢固的自卑心理。牠總覺得自己是弱者，站在同齡的公狼面前，還未廝咬，心理上就已經敗下陣來。久而久之，牠養成了這樣一種習慣，用退縮來求得和平，用謙讓來平息紛爭，只要承認自己低賤，日子還是過得下去的。牠也曉得自己這種卑微的心理對按照嚴酷的叢林法則生存的狼來說，是一種致命的毒素。牠也想脫胎換骨重新做狼的，但要改變一匹狼的秉性談何容易啊！

雙毛逃得飛快，頭也不回地逃離了狼群。開始紫嵐並不介意，還以爲雙毛只是暫時躲避，但當天夜晚和第二天白天都不見雙毛返回狼群，紫嵐這才著急起來。一匹孤狼離開了群體力量，在冰天雪地裡是很難生存的，更何況雙毛這種德性，不被雪豹充飢，也一定會成爲雪地餓殍。紫嵐雖然恨雙毛不成器，但畢竟是自己親生的寶貝，是剩下的唯一希望，於是便到處去尋找。整整找了一天一夜，才在日曲卡雪山南麓一個僻靜的山坳裡找到雙毛。雙毛蜷縮在一棵樹下，在尖嘯的風雪中瑟瑟發抖，已快凍成冰棍了，見到牠，有氣無力地哀嗥兩聲，餓得連站也站不起來了。牠失望極了，寶貝，你真的寧肯離群出逃活活餓死，也沒有勇氣同向你挑釁的黃犢拚命嗎？

儘管憤慨，紫嵐還是冒著風雪嚴寒鑽進樹林逮了一隻雪雉給雙毛充飢，然後將雙毛帶回了狼群。

難道雙毛真的是朽木不可雕了？不，紫嵐至死也不相信自己會生下個孬種。一定是自己使用的傳統教育手段太陳舊太迂腐了，牠想，雙毛的自卑感是特殊環境下養成的特殊心態，應當用特殊的教育手段使其改觀和逆轉。

冬天結束時，紫嵐已設計出一套嶄新的教育手段，並在狼群解體的翌日，便立刻著手實施。

二

從回到棲身的石洞的第一天起，紫嵐就把自己身上那種母狼的慈祥深深鎖藏在心底，換成一副陰沉狠毒的面孔。牠設計的其實是一種模擬訓練。牠把自己這個小小的家庭當作縮小了的狼群，自己扮演一個脾氣暴躁性格乖戾的狼王角色，讓媚媚做自己的夥伴，把雙毛置於受奴役的地位。

爲了獲得理想效果，假戲必須眞演。

牠對雙毛實行無情的暴力統治，捕食時，強迫雙毛第一個朝獵物撲去，強迫雙毛拚命追攆，不管雙毛累得口吐白沫還是累得四腳抽搐，也從不憐憫。而牠和媚媚，只在獵物拒捕或以死相拚的關鍵時刻才撲上去幫忙，大部分時間都優閒地站在一旁看著雙毛疲於奔命。一旦發現雙毛在追捕時想偷懶或耍滑頭，牠便立刻撲到雙毛身上又撕又咬。撕是眞撕，咬是眞咬，非要撕掉毛咬出血才勉強罷休。懲罰過後又立刻威逼雙毛繼續去拚命追攆獵物。你地位最末等，活該幹這樣的苦力活。當捕獲到獵物後，紫嵐又立刻把雙毛驅趕開，先自己敞懷享受一番，然後由媚媚盡情飽餐一頓，最後才輪到雙毛，這時，只剩下難以下嚥的皮囊和才沾著一些肉末星子的骨骼了。有時，獵物體積龐大，牠和媚媚無法把內臟和好肉全部吃光，也不肯留給雙毛受用；牠惡作劇地把獵物的內臟和好肉扔下懸崖，或拖回石洞，讓其變質生蛆，招引無數綠頭蒼蠅。

你生悶氣去吧，你是平庸的草狼，你沒有資格吃這些美味的內臟和上等好肉的！

即便是飽餐一頓後在草原上溜達消食，紫嵐也絕不會讓雙毛過得舒坦。媚媚可以鑽進姹紫嫣紅的野花叢中玩耍，可以追蝴蝶捕蜻蜓盡興嬉鬧，但雙毛卻沒有權利玩樂，只能像個馬伕像個奴才似地跟在紫嵐身後，稍不順眼，便會招來紫嵐的一頓打。

在棲身的石洞裡，沒有紫嵐的應允，雙毛是不能擅自出洞的。早春，天氣還沒徹底轉暖時，夜晚睡覺，紫嵐和媚媚睡在石洞底端，那兒吹不到冷風，溫暖愜意；讓雙毛躺在洞口，遮擋早春料峭的夜風和黎明冰涼的晨露。有幾次睡到半夜，雙毛大約是凍醒了，悄悄地移到洞的中央來睡，紫嵐總能及時驚醒，凶狠地用牙和爪將雙毛教訓一頓，重新趕到洞口去睡。

你是地位卑微的草狼，天生的賤骨頭，只配用自己的身體爲狼王遮風擋雨的。

有時候，雙毛小心謹慎地生活，完全按照紫嵐的意願行事，挑不出任何毛病來。即使這樣，紫嵐也不會讓雙毛過得安逸，牠會無緣無故地跳將起來，把雙毛咬得鮮血淋漓。

雙毛的眼角沁出委屈的淚。

哭個逑！你是沒用的廢物，天生的膿包，活該成爲狼王的玩物，成爲狼王的出氣筒，成爲狼王磨礪牙和爪的練習對象。你不用感到委屈，感到委屈也沒有用。你根本不用費腦筋去想自己犯了什麼過錯，爲什麼會受到血的懲罰。欺負你是不需要理由，也不需要藉口。你地位低卑，這就是欺負你的最佳理由。

紫嵐還常常慫恿媚媚戲弄和凌辱雙毛。媚媚鬼點子多，戲弄得別出心裁，且花樣翻新。有一次，媚媚逮到一隻青蛙，讓雙毛站在太陽底下用前爪踩住青蛙的背，既不能把青蛙踩死，也不能讓青蛙逃脫，雙毛在太陽底下整整站了一下午，狼毛差一點給初夏炙熱的陽光烤焦了……。

你既然自甘平庸，那麼，誰都可以朝你尿尿，誰都可以把你踩在腳底下的。

雙毛明顯消瘦了，到了夏天，已瘦得腹部露出了一根根肋骨。牠的狼眼裡已沒有寧靜和自信的光彩，而只有恐懼。牠唯命是從，隨時都在觀察紫嵐的臉色，生怕紫嵐不高興。牠甚至忘了自己已是一匹即將成年的公狼，會神經質地又蹦又跳，在地上打滾，做出種種只有初生的狼崽才能做得出來的獻媚邀寵的舉動，以期討得紫嵐的歡心，少受點皮肉之苦。

紫嵐並不欣賞，反而懲罰得更厲害。

雙毛整天惶惶然，凄凄然，像在油鍋裡煎熬，像在地獄中生活。

你不是願意做洛戛麾下最馴服的臣民嗎？那你就嘗嘗被統治者的滋味吧，酸甜苦辣鹹，你慢慢地品味吧。

紫嵐心裡明白，經過一個春天和半個夏天的折磨，雙毛的狼的忍耐力和狼的承受力已達到了極限，只要自己再加點碼，就會突破這個極限。也就是說，雙毛會產生一個突變，這種突變暗藏著兩種可能。第一種可能是雙毛的狼的神經徹底繃斷，精神徹底崩潰，退化成一條心甘情願一輩子當奴才的狗。狗就是這種德性的，在主人面前永遠自卑，以能吃到主人吃剩的殘羹剩湯爲榮耀，化屈辱爲受寵，無論主人怎樣鞭笞怎樣施暴怎樣懲罰，都不會反抗也不敢背叛，天生就是被統治被奴役的命。倘若雙毛眞的在這場模擬訓練中由狼退化成狗了，紫嵐也只能認命，牠將找機會把雙毛一口咬死，牠只當自己從來沒生下雙毛這匹狼兒。還有另一種可能，不斷加碼的凌辱超出了雙毛所能忍受的極限，奴性崩潰了，爆發出全部狼的本性來；紫嵐堅信這種可能是存在的，說到底，雙毛血管裡奔流著的是純粹的狼血，胸膛裡跳動著的是眞正的狼心。

紫嵐耐心地期待著。

已臨近盛夏，天氣越來越炎熱。那天，紫嵐帶著媚媚和雙毛去草原覓食，遇上一頭身上有灰白色梅花斑紋的公鹿。也不知是這頭公鹿特別擅長奔跑，還是因爲陽光過於毒辣影響了狼的撲咬速度，總之，足足追逐了兩三個時辰，才在草原的盡頭把這頭該死的公鹿咬翻。在夏天正午的陽光下長途奔襲，弄得紫嵐疲憊不堪，口渴得厲害。太陽無情地向大地傾瀉著火焰般的熱量，天上沒有可以遮陰的雲彩，也沒有風。四周是望不到邊的齊腰深的野草，光禿禿的草原上找不到可以乘涼的樹木，只能在烈焰下曝曬。狼身上沒有散熱的汗腺，只有長長地伸出舌頭來散熱。

咬翻了公鹿，飢餓的問題倒是解決了，但吃了鹿肉，喝了鹿血，更想喝水了，渴得嗓子簡直像要冒煙。周圍卻找不到水源，草葉都被烈日曬蔫了，曬焦了。

紫嵐在蒸籠般的悶熱的草原上往回走，已被乾渴折磨得無精打采。棲身的石洞前有一條清冷冷的小溪，臭水塘也有飲用水，但它們離得太遠了，遠水解不了近渴。水變得無比珍貴。

也許，不等牠們回到石洞，回到小溪旁，就會被烈日曬暈的，紫嵐想。

突然，走在前面的雙毛歡叫了一聲，紫嵐奔過去一看，眞是天無絕人之路，也無絕狼之路，大地上橫亙著一條因地震而形成的裂縫，裂縫底部幾塊岩石形成的凹部，瀦積著一汪雨水，因爲藏得離地面較深，因爲是儲存在天然的石盆裡，所以既沒被太陽吸乾也沒順著地縫流走。這眞是一個奇蹟，救命的奇蹟。積水淸澈見底，有三五尾蝌蚪在水間悠游，水面泛動著亮晶晶的陽光。積水雖然不多，卻也盡夠牠們三匹狼解渴的了。

雙毛也一定是渴極了，竟忘了尊卑秩序，勾著頭就想往地縫裡鑽。地縫很窄，儲水的石盆處尤其狹小，僅有能同時勉強容下兩匹狼的有限空間。

你是匹退化的草狼，你理所當然該輪到最後喝水！

紫嵐威嚴地嗥叫一聲。雙毛渾身一顫，慌忙將已伸進地縫的腦袋重新縮回地面，乖乖地閃開了路。

紫嵐領著媚媚下到地縫，面對面趴在石盆邊沿，將舌頭伸進積水裡，好涼快，好愜意，渾身的燠熱頓然消失；舌尖輕輕一捲，水便形成球狀，順著舌頭滾進喉嚨，乾燥得要冒煙的嗓子立刻變得滋潤，精神立刻抖擻起來。

這不是普通的飲水，這是精神和肉體的雙重享受。

紫嵐用舌尖將一個個晶瑩的水球呑進肚去，直喝得肚兒溜圓，膀胱發脹。

媚媚也學著紫嵐的樣痛飲了一頓，舒坦得直哼哼。

雙毛蹲在地縫邊緣，伸著長長的舌頭，目不轉睛地盯著那塘積水，露出一副饞相。

紫嵐抬起臉乜斜著眼望了雙毛一眼，唔，牠已經渴得耐不住了，假若這時候再設法刺激牠一下，也許就到了突變的臨界點。紫嵐很希望自己和媚媚能把石盆裡的積水喝它個乾淨，但積水似乎比想像的還要多些，而胃的容量是有限的，喝得快撐破肚皮了，水還剩下一半。老天爺也太慷慨了些。

媚媚伸了個懶腰，想讓位了。

不，不能這樣輕易讓位的，紫嵐想，如果讓雙毛得出這麼一條經驗：處在末等地位的狼也能享受到其他狼所能享受到的東西。那樣的話就糟了，永遠也無法讓雙毛脫胎換骨了。紫嵐皺皺眉，突然心生一計，朝媚媚使了個眼色。媚媚會意地甩了甩尾巴。

紫嵐輕輕嘷了一聲，縱身跳進石盆，嘩啦一聲，水花四濺。紫嵐在齊膝深的積水裡打滾撲躍，用爪抓起一串串水珠，涮洗著眼瞼和脖子。大熱天洗個涼水澡，好痛快啊。身上的泥塵和土屑溶進水裡，清清的積水被攪得渾濁不堪。

紫嵐洗完後，媚媚又跳下水去。半石盆積水翻捲起一坨坨泥浪。

雙毛在地縫上痛苦地閉緊了眼睛。牠只能喝骯髒的洗澡水了，牠只能喝渾濁的泥漿水了。假若紫嵐到此爲止，雙毛還不至於將壓抑在心底的怒火發洩出來的。牠已習慣了忍氣吞聲。被紫嵐和媚媚洗過澡的渾濁的泥漿水雖然滋味不佳，但還是能解渴的。但紫嵐似乎覺得這樣捉弄牠還嫌不夠，等媚媚濕淋淋的身體爬出積水後，兩匹母狼竟然站在石盆邊沿，蹺起左後腿，伸直脖子，平直地抬起蓬鬆的尾巴，那是狼要撒尿的典型動作，尿口對準石盆裡的積水。

雙毛看見，紫嵐的臉上充滿了輕蔑、嘲弄和譏笑。

你是無用的草狼，你活該渴死，或者你就品嘗狼尿的滋味吧。

雙毛全身劇烈地顫抖起來。

牠無法理解狼母紫嵐怎麼會變成如此不通狼情的虐待狂。假如牠犯了什麼過錯而遭受懲罰，牠儘管也難受，但還能想得通，最使牠傷心的是無緣無故被欺凌。就像現在那樣，紫嵐和媚媚要往石盆裡撒尿了，這已經不是普通的惡作劇了，這是有意地在蹂躪牠的自尊，踐踏牠的狼格。人有人格，狼也有狼格。牠們是想讓牠渴死，讓牠被烈日曬成狼肉乾。牠很自卑，但畢竟是匹狼啊，是匹血統純正的狼；牠不是天生奴顏媚骨的狗，牠的忍耐是有限度的。牠嘴燥舌乾，嗓子冒煙，因乾渴而變得焦躁，變得衝動。眼看紫嵐和媚媚就要朝石盆撒下尿去，牠一急，扯起嗓子發出一聲尖厲的狼嘯。

牠的嘯叫別有一番韻味，音調高亢而又悲涼，似被壓迫者的呻吟，又像覺醒者的呼喊。隨著這聲嘯叫，牠的靈魂蘇醒了，長期被壓抑的狼的嗜血的本性噴發了。牠以泰山壓頂之勢，朝石盆邊欲尿未尿的紫嵐撲下去。

紫嵐驚叫一聲，想閃開，已經來不及了。牠怎麼說也是一匹母狼，體態嬌小，力氣有限，動起真格的來，哪裡會是雙毛的對手；雙毛到底是身強力壯的公狼啊。紫嵐只覺得腹部被隻強有力的狼爪猛地一擊，整個身體騰空而起，身不由己地在空中翻了個觔斗，跌落到地縫的另一端。地縫裡布滿了稜角分明的岩石，溝坎縱橫凸凹不平，紫嵐落地時，一隻前腿剛巧被卡在石縫裡，只聽得「咔嚓」一聲脆響，腿骨被折斷了，疼得鑽心。

媚媚倒乖巧，一見紫嵐被撲咬，立刻掉頭跳離石盆，躲到地縫另一端，縮作一團，嗚嗚低嗥著，表示臣服。

雙毛瞪起凶惡的眼睛，望了望在亂石中呻吟掙扎的紫嵐，又望了望媚媚，威嚴地嗥叫一聲，然後才喝水。石盆裡的積水雖然被攪成了泥漿湯，總比乾渴著要好；再遲一秒鐘，也許牠就要喝騷臭的尿了。

紫嵐望著佇立在石盆邊沿的雙毛，悲喜交加。悲的是自己折斷了一條前腿，從此就變成一匹跛腳狼了，喜的是自己的心血沒有白費，雙毛果然按照自己的預想產生了質的飛躍和突變。巨大的喜悅壓倒了劇烈的疼痛。牠咬著牙從石縫裡抽出那條皮綻骨斷的前腿，想站起來，但過去四條腿形成的支點現在改由三條腿來支撐了，那條斷腿只能永遠懸吊在半空了，牠很不習慣，很難保持住身體的平衡，站了好幾次才勉強站穩，又費了很大的勁，這才從地縫裡爬回地面。太陽依然噴吐著火焰般的光和熱，尕瑪兒草原依然悶得像只蒸籠，雙毛卻奇蹟般地變得容光煥發，威風凜凜。

這時候，紫嵐、媚媚和雙毛三匹狼之間的關係還處於十分微妙的階段；雙毛雖然恢復了被壓抑的狼性，但心理上還未徹底擺脫自卑陰影，爆發式的突變是很脆弱的；

有兩種發展趨向，一是紫嵐利用狼母的身分和往日已養成習慣的威勢，利用和媚媚結成聯盟的數量上的優勢，和雙毛抗衡，彼此誰也壓不倒誰，形成一種和平共處的局面，也就是說，僅僅恢復雙毛在家庭中的平等地位；另一種趨向是，鞏固和強化雙毛身上剛剛萌發的還很脆弱的強者心理，使雙毛成爲眞正的統治者。

紫嵐毫不猶豫地選擇了後者，牠也知道，這樣做牠和媚媚是要付出代價的，但牠願意，牠渴望自己的狼兒能成爲一代新狼王。

紫嵐開始實施自己苦思冥想設計出來的特殊訓練的後半部分內容。牠變得像換了一匹狼，一改過去趾高氣昂的神態，脊梁耷拉，一瘸一跛，一副喪魂落魄的潦倒模樣。一見到雙毛，牠的目光就會變得驚慌散亂，身體便會不由自主地顫抖起來，卑怯地躲避到旁邊去，好像隨時都在提防雙毛會撲上來廝咬。好像在對雙毛說，我知道你會來咬我的，我很害怕！這一招很靈，有效地刺激了雙毛的強者意識，誘導出恃強凌弱的狼的凶殘本性。每當這種時候，雙毛便會得意地追攆上去，將紫嵐撲咬得狼毛飛旋，皮開肉綻。

這個小小的狼家庭，顚倒了尊卑位置，徹底改變了奴役和被奴役的關係。雙毛一躍成爲主宰，紫嵐和媚媚降到了僕從的地位。紫嵐和媚媚搬到洞口來睡了，石洞底端冬暖夏涼，當然該由雙毛享受。捕食時，由紫嵐和媚媚充當苦力，但捕獲到獵物後，內臟和上等好肉由雙毛享受。雙毛的每一聲嗥叫都成了不可抗拒的命令，只要牠高興，牠可以叫紫嵐或媚媚順著陡峭的山坡爬上日曲卡雪峰，直累得四肢抽搐口吐白沫才准下山。只要牠願意，牠隨時都可以把紫嵐或媚媚痛咬一頓，爲自己消愁解悶。

雙毛在奴役和被奴役的強烈對比中，在統治和被統治的巨大反差中，深刻地體會到了統治者的權勢和威嚴，嘗到了奴役牠狼的種種甜頭和樂趣。眞是妙極了，牠狼的命運都掌握在你的手中，你可以傳播災難，你也可以賜予幸福。你可以隨心所欲地生活，沒有羈絆，沒有掣肘，絕對自由。你掌有置牠狼於生死的權力，運用權力是一種美妙的精神享受，望著牠狼順從著你的權力意志去行動時，你便會產生一種心花怒放的快感。日曲卡雪山是屬於你的，尕瑪兒草原是屬於你的，整個世界是屬於你的，你從牠狼在你面前表現出來的恭敬的誠惶誠恐的表情中認識到自己存在的價值。統治者的權力比鹿血更甘甜，比山羊的內臟更好吃。這才叫生活呢。雙毛悔恨自己覺悟得太晚了。過去的日子不堪回首，被欺凌被奴役，那不叫生活，那是活著，而且活得很糟糕，很窩囊。假如現在讓地球倒轉時光倒流，重新讓牠回到過去末等草狼的地位，牠是一天也活不下去的。

紫嵐的特殊訓練得到了理想效果，但牠為此付出了慘重代價，不但一條前腿永遠跛了，還由於過度疲勞和食物不足，明顯消瘦了，提前衰老了。媚媚也跟著牠受罪。但牠心甘情願地做出這種犧牲，牠是一匹胸懷大志的母狼。

經過半個夏天和一個秋天的實踐，雙毛被誘發出來的狼王心態逐漸得到了強化，最後定型了。牠領悟到狼的生活眞諦：或者被牠狼統治，或者統治牠狼；或者成為命運的主宰，或者被命運宰割；或者成為狼群的中心，或者被狼群遺忘；生活就是這樣無情，不存在第二種選擇。想透了這一點，牠的狼的貪婪和殘忍的天性發揮到了淋漓盡致的程度，野心也迅速膨脹起來，脾氣變得越來越暴烈。

那天上午，那匹名叫黃犢的禿尾巴公狼追逐一頭岩羊，竟然冒冒失失闖到紫嵐牠們棲身的石洞前來了。按狼的生活習性，狼群分散後，每匹狼都有自己的世襲領地和勢力範圍，不容許牠狼闖入的，尤其是公狼，最痛恨其他公狼侵入自己所割據的地域。雙毛凶猛地嗥叫一聲，從石洞裡竄出來，截住黃犢的去路。這時候，黃犢要是識相些，原地蹲下表示臣服，或者掉頭逃回自己棲身的領地去，也許就不會發生流血事件了。但黃犢並沒有這樣做，當牠認出氣勢洶洶撲上來的是雙毛時，竟然輕蔑地從鼻子裡哼了一聲，漫不經心地舉起狼爪來迎戰；牠大概還以為雙毛仍然是大半年前自卑得像條狗似的末等草狼呢；牠犯了致命的輕敵錯誤。

雙毛撲上去，牠已在紫嵐的精心導演下，習慣了被尊重，習慣了唯我獨尊，看到黃犢如此不恭竟然敢輕蔑自己，自尊心受到了極大的傷害，湧起一股不可遏制的瘋狂的復仇欲望，撲到黃犢身上，不管三七二十一，張嘴就朝對方致命的喉管猛咬。黃犢壓根兒就沒想到這會是一場血腥的拚殺，牠還以為是公狼之間一般性質的打架鬥毆呢，牠只使出一半力氣阻擋雙毛的撲咬，等到雙毛尖利的狼牙叼住了牠脆嫩的喉管，等到看清楚雙毛狼眼裡布滿可怕的血絲，這才醒悟，但已經晚了，隨著喉管輕微的破裂聲，風沙從喉管的裂口灌進體內，一片冰涼，熱血從裂口噴出，一陣暢快，身體便軟綿綿的像散了骨架似地癱倒在地……

等紫嵐跑出石洞，禿尾巴公狼黃犢已倒在血泊中了。雙毛佇立在黃犢的屍骸跟前，連連嗥叫著，似乎還難解心頭之恨，一派順我者昌逆我者亡的狼王氣概。

這是血的洗禮，血的預演。

紫嵐露出了欣慰的微笑，跛腿的痛苦和扮演被奴役者角色所付出的辛酸代價在這一刻都得到了補償。牠心愛的狼兒終於按牠設計的藍圖成長起來了。

三

等到深秋，散居的野狼們又集合成群時，雙毛已造就成一匹體格和膽魄都高度成熟的野心勃勃的大公狼了。

雙毛來到狼群的第一天，就有一種說不出的苦惱，牠在自己小小的家庭裡已習慣了發號施令，但在這裡，牠卻要和其他所有成年公狼一樣，被迫接受狼王洛戛的管轄。牠必須順從洛戛的意志，屈服洛戛的淫威，按照洛戛的命令行動。牠已不是去年冬天的愚昧無知的雙毛了，牠已嘗到過統治者的甜頭，享受過統治者的樂趣，再也無法忍受這種肉體遭折磨靈魂被捆綁的被統治者的生活了。牠感到非常壓抑。特別是當牠夥同公狼們辛辛苦苦捕獲到獵物，卻只能眼睜睜看著洛戛大口吞嚼獵物糯滑可口的內臟時，便會饞得直流口水，便會從心底升騰起一股不可遏制的欲望，想撲上去一口咬斷洛戛的喉管，自己取而代之。洛戛並沒有長三頭六臂，也不見得有什麼非凡的智慧和超群的本領，憑什麼就該統治狼群呢？雙毛憤憤不平地想。我爲什麼就不行呢！

紫嵐及時用眼色制止了雙毛廝殺的衝動。你千萬不能魯莽，洛戛絕不會像黃犢那麼容易對付的，雙毛，我親愛的狼兒，你瞧，洛戛警覺的眼光已開始投向你，你很難靠偷襲成功的。再說，洛戛的身邊還有凶悍的古古呢。

狼和狼之間的關係也分親疏遠近的。七年前，洛戛是靠公狼古古的幫助才把老狼王馬扎趕下台的。紫嵐記得很清楚，在一個陰冷的冬天的早晨，洛戛和古古前後夾擊，把馬扎咬得遍體鱗傷；老狼王馬扎逃到懸崖上，哀嗥乞降，但洛戛和古古毫不理會，依然狠追猛咬，馬扎竄逃時一腳踩滑，墜岩身亡。可以說，沒有古古的相助，就沒有洛戛今天的榮耀。由於有這層特殊的關係，洛戛對古古格外關照，無論狩獵、吃食還是宿營，讓古古享受僅次於牠的一切特權。古古也忠心耿耿地陪伴在洛戛身邊，每當有強悍的大公狼覬覦王位跳出來和洛戛爭鬥時，古古便輔助洛戛將那倒楣的大公狼咬個半死。古古成了支撐洛戛狼王寶座的一根柱石。

要想把洛戛從狼王寶座上趕下來，先決條件就是要拆散洛戛和古古因利益相關而形成的聯盟。紫嵐決心為雙毛爭奪王位掃清這一障礙。

起初，紫嵐把希望寄託在古古的嫉妒心上。前狼王馬扎是你和洛戛一起趕下台的，你的功勞並不比洛戛小，幹麼要屈居在洛戛的下面呢？紫嵐在一段時間裡比尊重洛戛更尊重古古，還串通幾匹私交較深的母狼，有意無意地在古古身邊悠轉，渴望由此能勾起古古雄性的虛榮，與洛戛發生內訌，自己心愛的狼兒雙毛就能漁翁得利了。遺憾的是，古古雖然身胚*高大，卻缺乏野心，並以自己能在眾狼之上在洛戛之下的特殊地位感到滿足。

紫嵐的第一套方案很快就流產了，還賠進去許多時間和精力，真冤枉。

紫嵐開始尋找機會暗中離間洛戛和古古的關係。洛戛性情暴躁，剛愎自用，缺乏頭腦，不愁牠不上當。機會很容易就等來了，那天，狼群在黃昏時捕捉到一頭野豬，洛戛將吃剩的半顆豬心叼到宿營的銀樺樹林裡，也許是想留著做明天的早點。半夜，夾帶著雪塵的西北風呼嘯著，颳得樹枝嘩啦啦響。下弦月早已滾落下去，天黑得像口大墨缸。紫嵐屏住呼吸，小心翼翼地爬到洛戛身邊，趁洛戛酣睡之際，將半顆豬心拖

*身胚：即身體、身材。

到隔著幾棵樹外的古古嘴唇下。紫嵐做得神不知鬼不覺。

翌日清晨，古古一覺醒來，聞著那股甜膩膩的血腥味，睜眼一看，是半顆豬心，剛好肚子也餓了，張嘴便嚼。恰恰在這時候，洛戛也醒了，立刻就發現自己留著當早點的半顆豬心不翼而飛。誰如此膽大，敢來偷竊牠狼王的食物！這無疑是牠最痛恨最忌諱的犯上作亂的行爲！牠勃然大怒，咆哮一聲，從草窩裡站起來，藉著熹微的晨光，到狼群中緝捕竊賊。牠靈敏的嗅覺和視覺很快發現是古古做的案。古古正巴嘰巴嘰嚼得歡呢。洛戛從喉嚨裡憋出一聲尖嘯，兩隻狼眼噴射出陰森森的光，一步一步朝古古逼近。古古先愣了愣，隨即委屈地嗥了兩聲。洛戛從狼鼻裡哼了一聲，仍然朝古古齜牙咧嘴。古古終於由委屈而憤怒，全身的狼毛倒豎起來，擺出一副拚命的架式。

紫嵐幸災樂禍地擠在圍觀的狼群中，暗暗在爲中了牠的離間計的兩匹愚蠢的公狼喊加油：洛戛，你還猶豫什麼，撲上去，狠狠地咬，咬斷古古的前爪，看牠還敢不敢偷你的食物；古古，你別傻等了，你應該先下手爲強，你是冤枉的，你並沒有偷竊，是洛戛故意往你頭上在栽贓，你有權利先下手的！

洛戛和古古相距只有兩米遠了，對成年的公狼來說，這是最佳撲擊距離，能有效地置敵於死地。洛戛拖著那條狼尾巴，停下腳步，和古古四目相對。古古的眼珠子在晨光的照耀下，泛動著一片血光。一場血腥的廝殺一觸即發。紫嵐高興得想笑。眞的，只要牠們互相廝咬起來，兩強爭雄，必然會兩敗俱傷，即使洛戛最後把古古制伏了，也一定大傷元氣，又失去了幫襯，雙毛就能很容易把洛戛趕下台了。

紫嵐打著如意算盤。

瞧，洛戛的兩條後腿已開始曲蹲，尾巴平直地挺起，和壯實的臀部形成一個平面。這是狼撲咬的信號，廝殺的前奏。古古的尾巴也挺直了，一隻前爪下意識地在泥地上畫著豎線，摳出一條泥溝。

咬呀，快咬呀，紫嵐在心裡爲相峙的雙方鼓著勁。

就在內訌即將發生的最後一秒鐘，突然，洛戛搖了搖腦袋，全身倒豎的狼毛收縮了，那條和臀部挺成平面的尾巴耷落垂地，一屁股蹲坐在地上，眼裡那道恐怖的陰森森的光倏然消失了，用冷沉的目光掃視了圍觀的狼群一眼。也許是出於做賊心虛的原因，紫嵐總覺得洛戛的眼光掃過自己臉龐時，逗留的時間格外長些，還格外冷峭些。似乎洛戛已發現這是個陰謀。

古古仍擺出一副隨時準備迎戰的姿態。

洛戛望望古古，發出一聲柔和的表示友好的嗥叫，然後，轉身走出了狼群。

可惡的洛戛，在最後一秒鐘終於覺悟到牠和古古的聯盟比之半顆豬心重要得多；牠寧肯犧牲半顆豬心來維繫牠和古古的聯盟。

紫嵐嘆了口氣。唉，功虧一簣啊。看來，只好另找機會了。

四

深秋的尕瑪兒草原，早晚降有清霜，中午被太陽一曬，乍寒還暖。金黃色的枯草間，綻開著一朵朵潔白的矢車菊。這是狼的發情期。成年的公狼和母狼都各自選擇自己中意的對象，延續子嗣。紫嵐沒這份情趣，牠爲自己無法拆散洛戛和古古的聯盟而焦慮不安。那天黃昏，牠踏著夕陽在草原上溜達，尋思著在洛戛和古古間挑起事端的計策。洛戛和古古爲了各自的地位和利益，互相依靠得如此緊密，簡直是無懈可擊。秋風愁煞人，也愁煞狼。牠憂心忡忡地走呀走，不知不覺遠離了狼群，走到一個僻靜的沼澤地裡來了。沼澤地裡長著稀稀疏疏幾叢蘆葦，蘆葦稈都已枯焦，葦梢還黏留著幾朵輕盈的鵝黃色的花絮，在秋風的吹颳下，飛舞旋轉。嫣紅的夕陽，悽惶的歸鳥，更平添幾分愁緒。紫嵐在沼澤地邊緣轉悠了半圈，冷清而寂寞，剛想離去，突然，蘆葦叢裡傳來狼的很特別的聲響。紫嵐是已下過一窩狼崽的母狼了，一聽就明白這是一匹公狼和一匹母狼在偷情時發出的聲響。公狼急切的喘息，占有者的得意嗥叫；母狼半推半就的掙扎，親暱的噬咬，織成一支動物發情的交響曲。紫嵐再仔細聽聽，偷情的公狼和母狼發出的聲音很熟悉，很像是古古和莎莎！牠急忙伏在一條土坎後面窺探，過了一會，蘆葦叢窸窸窣窣一陣響，鑽出兩匹狼影，果然是古古和莎莎，肩並肩朝狼群棲息的方向跑去。

望著古古和莎莎的背影，驀地，紫嵐腦子裡跳出一個離間計。

莎莎是一匹儀態和地位都頗為特殊的母狼。莎莎細腰肥臀，有一股天生的讓大公狼神魂顛倒的媚態，是狼王洛戛最寵愛的母狼，是狼群中的皇后。在配偶問題上，狼和生存在地球上所有的動物一樣，表現得很自私，尤其是大公狼，經常發生為爭奪母狼打架鬥毆的事。一般來說，狼群中地位最顯赫身分最高貴的公狼理所當然占有最漂亮的母狼，不容許其他大公狼來染指插足。特別是在發情季節，公狼的這種雄性的虛榮心、妒嫉心和佔有欲表現得尤爲強烈，常常爲第三者插足問題互相打得頭破血流，爆發出一場場用生命做賭注的殘酷的情鬥和情殺。莎莎是皇后，是屬於洛戞所有的，洛戞絕不會聽任古古把莎莎從自己的懷抱裡奪走，哪怕古古是牠最親密的夥伴，牠也不會謙讓的。

只要設法讓洛戞親眼目睹莎莎和古古的風流韻事，就不愁瓦解不了洛戞和古古的聯盟。眞是千載難逢的好時機啊，紫嵐眼瞼間凝聚的愁雲一掃而空。

紫嵐回到狼群，不動聲色，裝著什麼也沒發覺。翌日黃昏，當狼群覓食歸來，懶洋洋地散落在小樹林時，牠暗中監視著莎莎和古古的舉動。牠發現古古假裝在追逐一隻山耗子，悄悄離開了小樹林。不一會，莎莎也不見了。紫嵐立即跑到洛戞跟前，嗥叫起來，叫聲中含有報警的意味。可惜，狼的叫聲只能表達類型化的情緒，無法傳達複雜的事情的來龍去脈。況且洛戞本來就對紫嵐抱有很深的成見，因此，愛理不理地從鼻子裡哼了一聲，繼續臥在一棵樹旁閉目打盹。紫嵐心裡異常焦急。這種事情，只有讓洛戞親眼所見，才能有效地激起牠的敵對情緒。時間比什麼都重要。紫嵐想著，竄上去，冷不防在洛戞的屁股上不輕不重地咬了一口，轉身就朝沼澤地奔逃。洛戛被激怒了，跳起來朝紫嵐追咬。

紫嵐一口氣逃進沼澤，巧極了，蘆葦叢深處剛好傳來古古和莎莎纏綿親暱的嬉鬧聲。紫嵐看到，這嬉鬧聲像支利箭，洞穿了洛戛的心扉。霎時間，洛戛怔怔地站在一叢蘆葦前，臉上先是露出迷惑不解的神情，繼而變得猙獰，狂怒地嘯叫一聲，向淫蕩的嬉鬧聲衝去。

紫嵐美滋滋地躲在一旁觀望著。

好一場惡鬥，一大片蘆葦被齊根撞倒了，瘋狂的狼嗥和淒厲的慘叫把暮歸的鳥雀嚇得四散飛逃。不一會，古古的脖頸被咬開一條兩寸長的豁口，血流如注。洛戛的腹部也被古古的爪子撕得鮮血淋漓。

那匹風騷的母狼莎莎，優閒地臥在土坎上邊用爪子梳理頸部的狼毛，邊津津有味地欣賞著洛戛和古古互相廝殺撲咬；對莎莎這樣年輕而又媚態十足的母狼來說，兩匹公狼爲牠大打出手並不新鮮，似乎只有這樣才提高了牠的身價，因此，牠既不驚慌也沒痛苦，按照狼的習慣，牠等待著洛戛和古古之間決出勝負，然後就投進勝利者的懷抱。

洛戛畢竟是狼王，蠻力和技巧似乎都佔著上風，頻頻出擊，越鬥越勇。古古也許出於一種偷情被當場抓獲後道義上和心理上的壓力，鬥得頗被動，一面招架著，一面往後退卻。終於，在洛戛又一次撲到古古背上狠命噬咬時，古古慘嗥一聲，逃進茫茫草原。

按慣例，古古在這個冬天是不敢也沒臉再回到狼群中來了。洛戛和古古的聯盟終於被拆散了，紫嵐高興地想，現在，自己親愛的狼兒雙毛奪取狼王寶座的最後一道障礙也消除了。

五

紫嵐看出洛戛雖然在和古古那場爭奪莎莎的爭鬥中獲取了勝利，卻也消耗了大量體力，並負了傷。紫嵐決定不給洛戛喘息的機會，立刻讓雙毛爭奪狼王寶座。雙毛以逸待勞，取勝的把握就更大了。

這天半夜，老天爺降下第一場雪，嬌軟的雪花飄落在還殘留著秋陽溫暖的大地上，立刻融化成雪水。草原一片泥濘。天亮後，狼群出外覓食，但惡劣的氣候，泥濘而又潮濕的地面，陰霾的雲層，給狼群追逐圍殲獵物增加了困難。枯黃的草莖和草葉上灑了一層雪水，滑得像塗了一層油，踩在上面奔跑，東倒西歪，差不多走幾步就要跌個跟頭。到了下午，狼群還是一無所獲，飢餓而又疲憊的狼們都用埋怨的眼光望著狼王洛戛。

這種氛圍十分有利於雙毛向洛戛發起挑戰，紫嵐心想。關鍵是要找一個挑釁的機會。

天遂狼願，機會說來就來。

草叢裡竄出一隻淺灰色的兔子，朝左邊一個土洞跳躍而去，想躲避殺氣騰騰的狼群。灰兔子剛好從雙毛的眼前逃過，雙毛眼疾手快，倏地用狼爪按住了倒楣的草兔，一口咬斷兔子的喉嚨便吮吸兔血。

站在不遠地方的洛戛滴著口涎發出威嚴的嗥叫，用意十分明顯，讓雙毛按尊卑秩序將灰兔子貢奉到自己嘴邊來。起碼，那副糯滑可口的兔子內臟理所當然應該屬於牠狼王的。

雙毛不但不理會洛戛的嗥叫，反而用極快的速度扒開兔子的胸膛叼出血淋淋的兔心大口吞嚼起來。

群狼見此情景，蜂擁而上，爭食兔肉。

洛戞被撇在一邊，顯得很孤獨。對洛戞來說，雙毛的忤逆行爲損害了牠狼王的威信，刺傷了牠狼王的自尊。假若不教訓教訓這匹膽敢犯上作亂的傢伙，別的不安分的公狼便會群起而效之，這樣，就會動搖牠狼王寶座的根基。雖然只是一隻小小的草兔，但洛戞心裡很明白，這是一個向牠狼王權勢挑戰的信號。牠必須露一手，迅速而又有效地制止住這種篡位的企圖。

洛戞惡狠狠地朝雙毛逼近。

那隻灰兔子還不到兩分鐘的時間，就被飢餓的狼群吃得一乾二淨。

狼群在草原上散成扇形，觀望著這場已拉開序幕的王位爭奪戰。這種性質的毆鬥雖然在狼群中很少發生，卻也不是絕無僅有，因此，誰也沒有覺得驚異。狼們扮演的是冷靜的裁判員的角色。

按照狼群的傳統習慣，當兩匹公狼爭奪王位時，母狼是不能上前助戰的。紫嵐只有像其他狼一樣，蹲在螞蟻包上觀看這場驚心動魄的廝殺。

紫嵐不愧是工於心計的母狼，預謀得如此準確。看，狼王洛戛一開始就顯得力不能勝。昨天牠和古古在蘆葦叢裡爲了母狼莎莎的那場惡戰已消耗了牠一半的體力和精力。牠撲擊的速度顯得有點遲緩，狼爪撕扯也缺乏力度。而雙毛，卻顯得虎虎有生氣，撲擊迅如閃電，撕咬快如狂飆，半空中劃出一道道漂亮的弧形線條，那扭動的狼腰和靈巧的狼爪，在旋舞的雪花的映照下，顯出一種力的神韻。好，洛戛褐黃色的狼毛又被咬掉了一撮，已有好幾串狼血滴落在草原上了。空氣中瀰漫開一股淡淡的血腥味。剛才還安安靜靜躺臥在四周觀戰的狼群開始騷動起來，飢餓的狼群是禁不起血腥味的刺激的，有好幾匹大公狼尖尖的狼耳豎直了，聳動著鼻子，嗅聞著甜甜的血腥味，狼臉上浮現出一種想要茹毛飲血的殘忍的表情。還有幾匹半大的狼崽，中樞神經被血腥味刺激得異常興奮，在泥濘的雪地裡舞蹈似地翻滾，衝著正在鏖戰的洛戛和雙毛嗷嗷叫喚。

好極了，紫嵐心頭一陣狂喜。

狼群所反映出來的情緒無疑是勝利的預兆。只要雙毛再朝洛戛猛咬兩口，洛戛身上的狼血再多流一點，空氣中充滿誘惑的血腥味再濃重一些；只要洛戛在雙毛無情的撲擊下發出一聲絕望的嗥叫，立刻，狼群就會一擁而上，把倒楣的洛戛咬成碎片。

勝者爲王敗者爲賊的規律同樣適用於狼群社會，差別在於飢餓的野狼們會把敗者當作果腹的晚餐。

紫嵐臉上浮顯出陰謀得逞的舒心的微笑。

傷痛刺激了洛戛。洛戛拚命地反撲著，在雙毛身上啃咬。但雙毛並沒有因爲對手反撲而畏縮，牠年輕氣盛，越鬥越勇，四條腿變得極其敏捷有力，腰也變得無比柔韌和富有彈性，跳躍著從各個不同的角度朝洛戛身上的致命處——喉管、眼窩和下腹部撕咬。在雙毛凌厲的攻勢下，洛戛漸漸力弱氣衰了。

大局已定，勝負只是一個時間問題。

雙毛又一個梯形撲擊，洛戛抵擋不住，被撞出兩丈遠，在草皮上打了個滾，氣喘吁吁地想翻爬起來，動作笨拙，顯得很艱難。雙毛威風凜凜地狂嗥一聲，曲起後腿，弓起前肢，張大嘴，露出滿口白得泛青的牙齒……。

棒極了！紫嵐在心裡大聲喝采。牠曉得，雙毛就要用一種泰山壓頂的氣勢撲到洛戛身上了，洛戛再也禁不起這致命的一擊了。撲上去，雙毛，我的好狼兒，撲上去，瞄準洛戛脆弱的喉管用力一咬，你就完成了你狼父黑桑的遺願，這尊貴的狼王寶座就屬於你的了！

洛戛當然知道自己正處在滅頂之災的瞬間，眼裡掠過一道絕望的光。雙毛的前肢已脫離地面，整個身軀眼看就要像離弦的箭一樣凌空而起了。就在這節骨眼上，突然，洛戛的眼睛裡恢復了鎮靜和自信，甚至閃現出一種居高臨下的藐視一切的眼光。牠威嚴地嗥叫一聲，聲音低沉厚重，有一種凌駕於眾狼之上的氣勢，有一種原始的傲慢。

事後，當半夜萬籟俱寂，紫嵐被失子的悲痛折磨得無法入眠時，牠百思不得其解，洛戛怎麼會在滅頂之災即刻來臨的瞬間奇蹟般地表現出狼王獨有的風采呢？要知道，在這性命攸關的節骨眼上，只要洛戛表現出一絲猶豫，一絲退縮，延長半秒鐘的絕望神情，那麼洛戛就算玩完了；而牠紫嵐苦心孤詣塑造培養起來的狼兒就會赫赫然登上狼王寶座了。

也許，是一種敗在無名晚輩手裡的羞恥感和死到臨頭也不願丟掉狼王身分的面子觀念促使洛戛在最後一秒鐘產生奇蹟。也許，是刻骨的仇恨、瘋狂的復仇心態、強烈的求生欲望和反敗爲勝的僥倖心理等多種因素造成洛戛在最後關頭爆發出新的力量。當然也不能排除這種可能，洛戛最後一秒鐘所發出的那聲救了牠性命的嗥叫，不過是一種下意識的行爲和一種習慣性的動作而已。

究竟怎麼回事，對紫嵐來說，成了一道永遠也無法猜透的謎。牠看到，隨著洛戛那聲充滿狼王威嚴的嗥叫在空曠的草地上爆響，雙毛已脫離了地面的前肢又耷然落回原地，繃緊的身軀變得綿軟，像一只吹足了氣的皮球突然被一根針尖戳破似的癟了氣；雙毛的臉上浮現出一種已經久違了的卑賤的神情。紫嵐立刻意識到，洛戛那聲異乎尋常的嗥叫勾起了雙毛的自卑感。幼年時養成的自卑感是那麼頑固，那麼不容易清除，儘管牠紫嵐已費了九牛二虎之力重新塑造了一個妄自尊大的雙毛，儘管從表面上看雙毛似乎已脫胎換骨變成一匹頗具首領氣質和風度的公狼，但其實自幼養成的奴性和自卑並沒有眞正被克服，而是隱蔽在心底的某個角落了，當外界具備誘發因素時，這種潛藏得很深的自卑和奴性冷不丁就會舊病復發。

要是牠紫嵐早想到這層就好了。唉——

一瞬間，雙毛像換了匹狼，眼光裡充滿畏懼，意志崩潰了，一種甘願當奴才甘願做末等草狼的自卑意識侵染了牠的公狼的身心，軟化了牠的爪和牙。牠做了一個無法饒恕的極其愚蠢的動作，轉身想溜；牠忘了這是一場你死我活的搏鬥，牠用一種弱者的生活邏輯來判斷，還以爲只要投降稱臣便能得到寬恕和原宥從而苟全性命。牠忘了狼的生存信念：用死亡的恐怖來統治這個世界；牠忘了弱肉強食的叢林法則；牠忘了正在圍觀的已等得不耐煩了的中樞神經被濃重的血腥味刺激得異常興奮了的飢餓的狼群……。

洛戛到底是見多識廣的狼王，看到雙毛神態變異，轉身欲逃，猛地躥跳起來，一口咬住雙毛的臀部，猛甩狼頸，連皮帶毛撕下一塊血淋淋的狼肉，滾燙的狼血噴湧而出，殷紅的血花和潔白的雪片一起灑落草地。雙毛發出一聲撕心裂肺般的慘嗥。圍觀的狼群就像得到了信號，凶猛地齊聲嗥叫起來，一擁而上，把可憐的雙毛按倒在地；雙毛只來得及從喉嚨深處發出一聲詛咒般的低嗥，便魂歸西天了。

紫嵐無法上前阻攔，也不敢上前阻攔。在寒冷的冬天，飢餓的狼群搶食受傷的同伴，已成了一種慣例。假如此時有其他食物可以果腹，狼群還不至於那麼殘忍；飢餓塑造了狼的貪婪殘忍的本性。

不一會，草地上丟棄下一副白森森的狼的骨骸。

分食了雙毛的狼們，圍著洛戛討好地歡叫著，莎莎和另一匹母狼伸出狼舌溫柔地舔著洛戛凌亂的體毛，慶賀牠衛冕成功。

只有紫嵐，孤零零地蹲在狼兒雙毛的骨骸旁，心裡湧起一股無法訴說的苦澀味。雙毛與其說是死在洛戛的爪下，毋寧說是死於牠自己的自卑感。

唉，狼啊狼。

第五章

一

紫嵐徹底絕望了。牠生了四匹狼兒，耗費了許多的心血，原指望牠們之中會有一匹成為顯赫的狼王，結果卻是竹籃子打水一場空。

牠在極端的孤獨和極端的痛苦中熬過了漫長的冬天。

積雪消融，尕瑪兒草原一片蔥綠，春意盎然。狼群又分散了。紫嵐和媚媚一起回到了日曲卡山麓的石洞。失去了最後一匹狼兒雙毛，石洞似乎也變得冷清清陰森森像座天然的墳墓。有時，牠會獨自跑進草原，拐著一條跛腿，發瘋般地狂奔亂跳，把身體弄得極度疲乏，藉以麻木那顆沉淪的痛苦的心。有時，牠逮住一隻狗獾或香獐什麼的，並不急於咬斷對方的喉管，而是咬斷牠們的一條腿，然後，讓牠們在草原上逃命，那悽慘的叫聲，那驚惶的神態，倒可以暫時使牠忘卻痛苦。

但這殘酷的遊戲，最後也失去了魅力。

眞的，當自己爲之付出了全部心血的理想徹底破滅了，生活還有什麼意義呢？也許，死的滋味要比這樣負載著失敗重軛的苟活要好受得多吧？

但死神並沒有來召喚牠，牠還必須活下去。

那天，牠正在草原溜達，突然，微風送來一股牠十分熟悉的同類的氣味。接著，幾塊布滿青苔的怪石後面閃出一個身影，歐，這不是卡魯魯嗎？

卡魯魯也看見牠了，友好地朝牠輕輕嗥叫了一聲。

紫嵐很注意地朝卡魯魯的身後望了望，沒有其他狼的影子。也就是說，卡魯魯仍然單身獨處，沒有母狼伴隨左右。

紫嵐爲自己的意外發現激動得渾身戰慄。牠立刻做出了一個大膽的合乎邏輯的推想：卡魯魯至今沒有找相好的母狼，說明牠仍不能忘卻舊情，仍鍾愛自己。兩年前，卡魯魯那麼熱烈地追求過自己，當時自己一心掛在培育狼兒上，拒絕了對方眞摯的愛。回想起來自己眞是有點傻。現在，藍魂兒和雙毛都死了，兩年前的愛的障礙已經不存在了。今天意外地和卡魯魯相逢在野花斑斕的草原上，可以說是一種天遂狼願的巧遇，是命運之神對牠紫嵐的恩賜。生活並沒有陷入絕境，雲破天開，透出一線明媚的陽光。

紫嵐想到這裡，在草地上蹲下身來，用充滿柔情和期待的目光望著卡魯魯；牠挺著母狼所特有的溫暖的胸部和腹部，不時地抬起一隻前爪，在鼻梁和唇吻間摩挲，搔首弄姿，盡量做出一副媚態來。

來吧，卡魯魯，我等你已經等了好久了。

卡魯魯站在對面十米遠的地方，沒有動。

哦，卡魯魯，你一定是被兩年前我粗暴的拒絕弄得喪失了勇氣了吧。我承認那次我做得有點過分，但請你理解我當時的處境。現在，已沒有什麼能阻礙我們成爲形影相隨的伴侶了。來吧，卡魯魯，只要你向前跨出一步，你就會得到十倍的報償；你只要付出一分熱情，你將會得到十分熱情的回報，紫嵐在心裡急切地呼喚著。

但卡魯魯仍然像塊石頭一樣地待在原地，臉上甚至沒有反應出久別重逢那種激動和欣喜。

紫嵐一顆心咯噔了一下，但牠立刻又安慰自己，卡魯魯之所以會表現出一副無動於衷的呆相，一定是害怕又像兩年前那樣遭到牠難堪的拒絕。一朝被蛇咬，十年怕草繩，卡魯魯是心有餘悸啊。假如換了牠處在卡魯魯的位置，恐怕也不敢貿然行事的。牠需要耐心等待，讓卡魯魯恢復公狼在母狼面前特有的勇氣和膽魄。

紫嵐躺在柔軟如絲如繭的青草叢中，神態慵懶，賣弄著母狼所擅長的風情。蒲公英像一柄柄帶露的花傘，被春風輕輕托起，飄揚空中，金黃的如絲如繭般的花蕾在陽光下變幻著奇異的光斑。春天是生命蓬勃的季節，卡魯魯，難道你不渴望在陽光下享受生活的情趣。繁衍屬於你卡魯魯血統的狼種？

紫嵐肆意地挑逗著，牠覺得這是激起卡魯魯興致的頂有效的辦法。

遺憾的是，卡魯魯近乎麻木的表情並沒有產生戲劇性的變化。

是自己表演得還不充分，還沒有展示出足夠的雌性動物的細膩的情感和熾熱的情懷？抑或是因爲卡魯魯牠……

紫嵐不敢往壞處去想。此時此刻，牠枯萎的心田太需要愛的雨露來滋潤了，牠那顆破碎的心太需要卡魯魯用異性的愛來撫慰了。假如卡魯魯的公狼的懷抱能接納牠，那麼，悲慘的過去就等於劃上了句號，生活將重新開始，牠還會生下一窩狼崽，牠還要把其中的一匹狼兒培育成獨領風騷的狼王。牠多少年夢寐以求的狼的理想，將在愛的光輝的照耀下獲得再生。牠已極度疲憊的身心將被注入新的生機。

牠渴望著重新生活。雖然狼的生活不可避免會充滿暗礁險灘，隱伏著無數殺機，但牠願意再和命運拚搏一番。

卡魯魯的冷淡令牠傷心。牠捉摸不透對方究竟是什麼用意，可能是卡魯魯兩年前心靈遭受的創傷太強烈太深刻了，傷口還在滴血。那麼，自己該用行動來懺悔兩年前的絕情，紫嵐想道。

恰巧，不遠的草叢裡爬出一隻穿山甲。紫嵐急忙竄過去。穿山甲是食蟻獸，兩條又粗又短的腿跑起來很慢，身軀臃腫而笨拙。紫嵐很快踩住了穿山甲的脊背，穿山甲立刻將全身鱗狀甲殼緊緊收縮起來，將尖尖的嘴臉縮進脖子底下的胸窩；這是穿山甲抵禦猛獸襲擊的唯一而又有效的看家本領。堅硬的鱗狀甲殼密布全身，連尾巴和腹部都不例外，像穿著一套厚重的鎧甲；每一塊橢圓形的甲殼都閉闔得嚴絲密縫，無懈可擊；甲殼的硬度可以和花崗岩媲美，虎牙也很難咬碎。那些逮著了穿山甲的食肉類猛獸往往因爲無從下口而棄之不顧。

這眞是大自然的造化。

但穿山甲這套頗爲奇特的生存本領，能使自己從老熊和豹子的嘴裡逃生，卻無法逃出狼的利爪。

紫嵐用力將穿山甲翻了個四足朝天，然後，用銳利的狼爪朝穿山甲下腹部的排泄腔用力扎下去；這是穿山甲全身唯一柔軟的部位，亦是僅有的薄弱環節，小如針孔，且夾藏在四片鱗甲的交匯處，其他粗心的食肉猛獸是發現不了的，只有智力層次較高的狼才有這個本領。

紫嵐尖利的狼爪像枚鋼針，深深地刺進穿山甲的排泄腔內。穿山甲渾身一陣痙攣，腹部的鱗甲不由自主地翕開了一條縫。紫嵐要的就是這個效果。穿山甲雖然模樣長得醜陋，卻並不缺乏求生的本能，在腹部銀白色的鱗甲翕動的瞬間，牠意識到了危險，倏地又把甲殼收縮回去。但已經遲了。紫嵐在用一隻狼爪扎穿山甲的排泄腔的同時，另一隻狼爪已守候在穿山甲的腹部，當甲殼翕動的一瞬間，閃電般地將狼爪插進縫隙，用力一扳，一塊鱗甲被扳斷了。接著，紫嵐又用同樣的方法，揭開幾塊鱗甲，穿山甲腹部露出一塊碗口大的粉紅色的肉身，紫嵐連啃帶咬，很快將穿山甲開膛破腹。

當紫嵐收拾穿山甲時，卡魯魯既不上前來相幫，也沒走掉，而是待在原地用一種旁觀者的冷靜的眼光注視著紫嵐，態度顯得有點曖昧。

紫嵐有點餓了。穿山甲的肉肥嫩細膩，是狼喜愛的食物，牠很想飽啖一頓，但牠忍住了，一口也沒捨得吃，而是將血淋淋的穿山甲拖曳到卡魯魯的面前去。

紫嵐這樣做，心情是很複雜的。一般來講，一匹公狼和一匹母狼在組合成結構鬆散的家庭過程中，母狼應當是扮演被追逐的角色，處於被動位置，理應表現出一種矜持的態度。即便母狼內心渴望與某匹公狼相好，感情的表露也應當是含蓄的，或者說是引誘式的，不會超越獻媚邀寵這個界限。只有公狼才會赤裸裸地追逐和征服。像牠這樣主動把食物奉獻到卡魯魯嘴邊去，直白地表達自己的用意，這在狼群中是鮮見的。牠一面在拖曳著穿山甲，一面覺得自己的母狼的自尊受到了某種程度的傷害。要是剛才自己在收拾穿山甲時，卡魯魯能跑過來幫幫忙就好了，紫嵐想，哪怕是象徵性的幫忙，也就改變了這件事的性質，可以視爲共同狩獵，共同分享，然後自然而然地產生纏綿的情意。但現在……

牠恨卡魯魯的傲慢。牠覺得大公狼的心胸不該這般狹窄的，不該這樣記仇的。牠覺得自己不該如此低賤去討好卡魯魯的。牠覺得這是一種恥辱。但是，想要重新生活的念頭是如此強烈，迫使牠違背自己的意願，拖曳著美味的穿山甲一步一步向卡魯魯靠攏。

卡魯魯面無表情地伸了個懶腰。好大的架子喲。然後，卡魯魯將嘴拱進脂肪層很厚的穿山甲的腹腔內，津津有味地咀嚼起來。

吃吧，卡魯魯，兩年前你用食物勾引我時我傷害過你，今天，我用穿山甲來彌補我過去的絕情。我欠你的，我都還淸了。你報復了我，你滿足了吧。我們之間的疙瘩已解開，再也沒什麼能阻止我們建立一個嶄新的家庭了。紫嵐舔著穿山甲腹腔裡溢出來的血水，這樣想著。牠相信當卡魯魯吃飽後，一定會賜給牠熾熱的愛的。牠充滿自信地等待著。

看來，穿山甲的味道確實不錯，卡魯魯悶著頭吃飽後，臉上露出心滿意足的表情，不停地用舌尖舔捲著黏留在嘴角邊的血跡。

來吧，卡魯魯，我會給你生一窩活潑健壯的小狼崽的，我們會在我們的後代中培養出新一代狼王的。

卡魯魯仍然貪戀地將只剩下一層甲殼了的穿山甲顛來倒去地撥弄著，尋覓著殘剩的肉和血。

紫嵐有點等急了，忍不住朝卡魯魯魁梧而又結實的身軀靠近了一步。卡魯魯臉上的表情急遽變幻，先是瞪圓眼睛，似乎看到了不該看到的東西，有點驚奇，隨後，唇吻上銀白色的鬚髭和兩頰的毛耷落下來，露出一副厭惡的神態。

卡魯魯，你怎麼啦，我是紫嵐呀，是你曾垂涎三尺的苦苦追求過的紫嵐呀！牠仄著腦袋，想倚靠到卡魯魯的脊背上去；卡魯魯富有雄性魅力的挺直的脊背對牠紫嵐來說，是避風港，是安樂窩，是創造新生活的奇蹟。牠的頭剛剛觸碰到卡魯魯的脊背的一瞬間，卡魯魯的眼瞼怪異地曲扭起來，好像怕黏上了什麼不吉利的汙穢之物，猛地跳開了。當紫嵐試圖再次靠近去時，卡魯魯嗥叫了一聲，迅速逃進了茫茫草原。

紫嵐的腦袋嗡的一聲變得一片空白，思維停止了，欲望凝固了，整個身心像被冰雪漬過似的冷到了極點。牠呆呆地望著卡魯魯越跑越遠，最後變成一個模糊的小黑點，消失在炫目的陽光下。

也不知過了多久，紫嵐才漸漸恢復了知覺。牠懷疑剛才揪心的一幕是一場噩夢，但青草在破土拔節，鳥兒在天空翱翔，穿山甲堅硬的軀殼躺在地上，一切都是那麼眞實。牠不得不承認，這不是夢，這是嚴酷的現實。牠實在想不通，卡魯魯爲什麼會突然間棄牠而去，難道是爲了對牠兩年前的絕情的報復？這玩笑也未免開得太殘酷了。牠恨不得立刻追攆上去，把該死的卡魯魯撕咬成碎片，以發洩心頭的怨恨。牠沒有想到，自己一腔柔情會遭到對方如此粗暴的踐踏，自己想重新生活的美好願望會受到如此蹂躪。

莫非卡魯魯是匹精神錯亂的狼？

紫嵐神色黯然邁著滯重的步子毫無目的地在草原上走著，不知不覺來到了臭水塘邊。由於水裡含鹼，塘水清澈見底，又處在背風的窪地，水平如鏡，沒有一絲漣漪。陽光均勻地鋪在水面上，亮得耀眼，水底的青苔像一層色澤凝重的背景，把水面裝飾得像塊玻璃。牠想喝口清水，消消鬱結在心頭的火氣。牠踱到水塘邊，水面清晰地倒映出牠的整個身軀和面容。剎那間，牠解開了卡魯魯棄牠而去的謎。

水底的那匹母狼神情頹唐，眉眼間凝結著一團陰雲；嘴角邊褶皺縱橫，幾顆門牙在營救藍魂兒時被捕獸鐵夾綳斷了，殘缺的唇顎間滴漏著涎唾；一條傷殘的前肢吊在胸前，左肩胛歪仄成不規則的稜形，顯得那麼醜陋，簡直是慘不忍睹。這就是牠自己嗎？過去，牠的身材是多麼勻稱，多麼漂亮，亭亭玉立。牠一向以自己身上那富有彈性的肌肉和那些肌肉所形成的柔美的曲線而自豪的，如今，那曾經吸引過許多大公狼熾熱的眼光並讓牠們癲狂的曲線已不存在了。肌肉失去了彈性，胸部兩側露出一根根肋骨，乳房像幾顆被曬癟踩扁的葫蘆，有氣無力地吊在肚皮上，脊梁彎成月芽形。一副可憐的衰老相。其實，牠並不老，牠才十歲，按狼十五年壽限來計算，牠紫嵐正處於智力和體力鼎盛的中年時期，可牠卻已變得像一匹已進入暮年的老狼。是過度的哀傷，是沉重的苦難，是不公平的命運使牠未老先衰的，使牠過早地消褪了青春的魅力。怪不得卡魯魯會棄牠而去。所有的大公狼都喜歡美貌的母狼，沒有哪一匹大公狼會看中年老色衰乾癟而又醜陋的老母狼的。與其說牠是被卡魯魯拋棄的，不如說牠是被生活拋棄的更確切些。

生活是無情的。

紫嵐把一塊石頭推進水塘，咕咚一聲，平靜的水面被攪碎了，蕩起圈圈漣漪。牠恨水底倒映出來的那匹又老又醜的母狼，牠不願意再看見牠。但過了一小會，水面就恢復了平靜，水底重又赫然顯現出老母狼極難看的嘴臉。

歐——牠仰天長嘯一聲，聲音淒厲而又悲惋。

二

紫嵐發現，媚媚在感情上越來越跟自己疏遠了。過去，無論牠走到哪兒，媚媚總是緊緊跟隨在牠屁股後面，有時牠心情煩躁，想攆也攆不走。現在，媚媚常常連招呼都不打一聲，就獨自跑到草原上覓食，把牠孤零零地撇在石洞裡。牠憤懣傷心，但無濟於事。媚媚長大了，按狼的生活習慣，媚媚已到了獨立生活的階段。最明智的辦法，是立刻將媚媚趕出石洞，母女分穴而居，省得將來惹出麻煩。但紫嵐又捨不得趕媚媚走，牠怕自己獨自待在石洞，總覺得冷清清陰森森的石洞像座天然的墳墓，牠需要媚媚伴陪在身邊，減輕一些孤獨感。

最近這幾天，媚媚的情緒顯得特別反常，一會兒眼睛一眨不眨呆呆地盯著藍天白雲發愣，一會兒又興奮得蹦蹦跳跳；一會兒苦惱得垂頭喪氣，一會兒又無緣無故地漾起一臉笑意。體毛像塗了一層彩釉，忽然間變得油光閃閃；四肢也變得柔軟而富有彈性，無論是奔跑還是跳躍，透出強烈的青春韻律。知女莫如母，媚媚身上發生的變化當然瞞不過紫嵐的眼睛，牠憑著自己多年的生活體驗，斷定媚媚已墜入情網。

媚媚正豆蔻年華，情竇初開，暗地裡和某匹公狼相好，這並不奇怪。牠紫嵐在媚媚這個年齡，也已經和黑桑打得火熱了。那天清晨，當媚媚黏著一身晨露和花瓣，帶著一身幸福的慵倦回到石洞時，紫嵐望著媚媚被愛火燒得發亮的瞳仁，突然間，那已經泯滅了的狼的理想又萌生出一線新的希望，就像一堆灰燼突然間飄落了一張枯葉又吹旺起一簇火焰似的。不錯，媚媚是匹牝狼，無法去爭奪狼王寶座，但媚媚是黑桑的血脈，是牠紫嵐的品種，可以通過生育，將黑桑的遺願和牠紫嵐的理想隨同優秀的血統和純正的品種遺傳給後代；媚媚不久將會給牠紫嵐生下一窩狼孫，兩三年後，狼孫們就能去爭奪狼王寶座了。紫嵐想到這裡，覺得活著又變成一件有意義的事，牠爲自己豎立了一根賴以生存的精神支柱，忘記了自己的衰老和醜陋。

在紫嵐的心目中，媚媚的擇偶交配已超越了情愛這一狹隘的概念，超越了一般意義上的繁衍後代的本能，成爲關係到黑桑—紫嵐家族的盛衰，關係到兩代狼的奮鬥最終有沒有結果這樣一個歷史性的使命。從這個意義上來說，媚媚找什麼樣的配偶，成了紫嵐頭等關心的大事。要是媚媚找到的對象是匹強悍的大公狼，兩個優秀的品種結合在一起，生出來的狼孫就會吸收兩個家族的優勢，就有可能成爲超狼。這種遺傳傾向，就像兩個加數的和。但假如媚媚尋找到的對象是匹不中用的草狼，血統和品種就會退化，生出來的狼孫就有可能變成一群窩囊廢。這種遺傳傾向，就像一個被減數一個減數得出的差。紫嵐心裡非常不踏實，牠不知道媚媚究竟找了一匹什麼秉性什麼模樣的大公狼。牠覺得自己有責任也有權利干涉媚媚的私生活。

要弄清楚是哪匹公狼攪得媚媚心神不寧的，這並不困難。那天下午，當媚媚動作詭秘地朝石洞外溜時，紫嵐悄悄地跟蹤盯梢。

媚媚轉過一道山岬，繞過一塊荒灘，興奮地朝一片長滿紫苜蓿的草坪奔去，還一路發出輕快的嗥叫。一進入開滿淡紫色苜蓿花的草坪，媚媚的腰肢變得更加柔美，還不時停下腳步，抬起前爪梳理著眉額間的狼毛。

紫嵐憑著母狼特有的敏感，意識到前面這塊草坪正是媚媚和那匹神秘的大公狼幽會的婚床。

果然，前面的山岬裡傳來大公狼求偶心切的嗥叫，不一會，草叢裡竄出一匹狼影，朝媚媚奔過來。媚媚撒著嬌，用一種挑逗的神態閃開了，兩匹狼一前一後在草坪上追逐嬉鬧。

紫嵐在遠處瞇起眼，仔細瞅了瞅正在交桃花運的大公狼，不由得倒吸了一口冷氣，全身的血液都快凝固了。怎麼會是牠？怎麼會是牠？紫嵐簡直不敢相信自己的眼睛。

媚媚找的是狼群中最沒有出息的獨眼公狼吊吊！

在前面的章節裡我們已介紹過吊吊，這是一匹瘦弱而又難看的公狼，更糟糕的是，吊吊生性怯懦，是一匹毫無作爲的草狼，狼群中沒有哪匹母狼肯委身給吊吊的。

媚媚怎麼會這般糊塗看中這樣一個沒出息的傢伙，紫嵐傷心地想，一定是吊吊用甜蜜的虛情假意蠱惑了媚媚的眼睛，情竇初開的小母狼是很容易被勾引的；媚媚太單純太幼稚了，缺少處世經驗，上了吊吊的當！假如眞的讓媚媚懷上吊吊的狼種，那麼，黑桑和牠紫嵐結合而成的優秀的血統和品種就將嚴重退化，讓狼孫爭奪狼王寶座的理想也就徹底破滅了。不，牠絕不能聽任媚媚胡鬧下去，絕不能讓吊吊的陰謀得逞的。要是牠此刻袖手旁觀，不僅對不起死去的黑桑，也對不起爲了整個家族的理想而慘死的黑仔、藍魂兒和雙毛。

紫嵐想到這裡，猛地從藏身的黃荊叢裡竄出去，奔進紫苜蓿花叢，橫在一前一後追逐戲嬉的吊吊和媚媚中間，憤慨地嗥叫一聲。

剛才還神采飛揚的吊吊，一下子像掉進了冰窖，膽怯地望望紫嵐，掉轉頭飛也似地逃走了。

媚媚也被突然竄出來的紫嵐嚇懵了，蹲在草地上發呆。

走吧，媚媚，吊吊配不上你。你是一朵鮮花，犯不著去插在牛糞上的。就憑牠在關鍵時刻背棄情侶獨自逃命這一點，就不配得到你的。你用不著傷心，也用不著遺憾。你既有高貴的血統，又有美麗的容貌，只要你朝尕瑪兒草原拋灑一個嬌美的笑靨，立刻就會有許多成熟、瀟灑又強悍的大公狼向你大獻殷勤的。你的美麗將征服整個狼群。你何必犯傻，爲了一個根本不值得愛的吊吊，犧牲掉自己的青春好年華呢。

走吧，媚媚。

這時，媚媚已從懵懂中甦醒過來，用極其厭惡和痛恨的眼光瞪了牠一眼，委屈地嗥叫一聲，就想朝吊吊逃跑的方向追去。

眞是一匹賤貨！

紫嵐早有防備，跳上去一口咬住媚媚的耳朵，費了很大的勁才把媚媚帶回石洞。牠讓媚媚待在洞底，自己守在洞口，不再讓媚媚隨意出洞。外出覓食，牠也寸步不離媚媚左右。牠用母狼的威嚴限制了媚媚的自由，隔絕了媚媚和吊吊的見面往來。牠想，隨著時間的推移，媚媚的感情會逐漸淡化，最後消失的。

但紫嵐很快就發現自己的如意算盤打錯了。媚媚的態度比牠想像的要頑固得多。牠原以爲經過一段時間的隔絕，媚媚會忘卻吊吊的，會反省自己的幼稚和荒唐，結束這場毫無實用價值的羅曼史。牠想錯了。牠雖然隔絕了媚媚和吊吊的相見，卻無法把兩顆心隔開。眞是活見鬼了。媚媚整天愁眉不展，心神不寧，捕食時懶洋洋地提不起精神來。吊吊也沒有死心，儘管沒有魄力闖進石洞來搶奪媚媚，卻經常像個幽靈似地溜到石洞四周來窺探動靜。好幾次，牠帶著媚媚外出覓食，突然就發現吊吊在遠遠的地方跟蹤，只要吊吊的氣味和身影一出現，媚媚就會像掉了魂似的，明明獵物就在牠正面一步之遙的地方，可牠竟會向相反的方向猛撲。那天半夜，石洞斜對面的山坡上傳來吊吊的嗥叫聲，那一串串狼嗥就像一串串勾子，把媚媚的魂都勾攝了去，媚媚一夜沒安寧，在石洞裡東奔西撞，像發了瘋似的，幾次要衝出洞去，牠紫嵐擋在洞口，用母性的威嚴和狼牙狼爪，才算勉強阻止了這場私奔。

但牠紫嵐能阻擋一時，還能阻擋一世嗎？說不定哪天夜裡，牠紫嵐因疲乏而打盹，因打盹而疏忽，被媚媚情逃成功，懷下一窩像吊吊一樣不中用的狼崽，那麼牠紫嵐想後悔也來不及了。

看來，只有從肉體上消滅吊吊，才能徹底割斷媚媚和吊吊之間的情緣，才能一勞永逸地解決問題，紫嵐想。

三

幾天後的一個清晨，趁媚媚還在洞裡沉睡，紫嵐悄悄地來到那片盛開著淡紫色苜蓿花的草坪，然後，靠著狼的極其靈敏的嗅覺，聞出吊吊殘留在草葉和花瓣間的氣味，並循著氣味直撲吊吊棲身的洞穴。

晨曦染紅日曲卡雪山頂時，紫嵐登上一座龜形的小山包，吊吊的腥騷的氣味越來越濃，看來，吊吊棲身的巢穴就在附近了。紫嵐小心翼翼地繞著小山包轉了一圈，發現在背陽的斜坡上有塊鷹嘴形巨石，形成一個天然的石窩，再走近一點，聽見石窩裡傳來狼的鼾聲。毫無疑問，這裡就是吊吊棲身的巢穴了。

紫嵐躲在石窩外吊吊經常行走的一條牛毛小徑旁，晨霧和露水蓋住了牠的氣味。直等到太陽把大地照得一片輝煌，吊吊才無精打采地走出洞來，看來這傢伙也被相思病害苦了，神態病懨懨的，使本來就瘦弱的身體更顯得委靡，被羊角挑瞎的那隻眼窩十分醜陋。

紫嵐再次感到納悶，不明白媚媚究竟迷上了吊吊哪一點。要形象沒形象，要氣質沒氣質，要年紀沒年紀。吊吊比牠紫嵐只小兩歲，早過了風華正茂的年齡。毫無疑問，吊吊是用成年公狼的狡黠和欺詐，誘騙了媚媚小母狼的熱情。

紫嵐的怒火又忍不住突突往腦門上躥。牠決定實行偷襲。牠要等吊吊走進有效的撲擊距離時，縱身一躍撲到吊吊身上，一口咬斷吊吊的喉管，萬一失手，也起碼將吊吊咬成殘廢，破了面相或者身相，從此再也沒臉去見媚媚。

只能怪自己那條跛腿太不爭氣了，竟然沒撲夠距離，剛好落在離吊吊半米遠的地方，可惜啊，紫嵐在心裡嘆息。沒辦法，偷襲戰只能臨時改爲攻堅戰了。

吊吊雖然是獨眼，也看出了牠紫嵐的企圖，本來就對紫嵐橫蠻地阻止牠和媚媚幽會窩著一肚子火，正愁沒地方發洩呢，立刻纏住紫嵐狠命撕咬。

紫嵐到底是衰老了，沒鬥幾個回合，便只有招架的份兒了。牠連連往後退縮，冷不防踩在一塊活動的卵石上，一個趔趄，那條傷殘的前腿失去了重心，栽倒在地。吊吊一下子壓到牠身上，尖利的牙齒直戳牠柔軟的頸窩。

紫嵐仰面躺在地上，緊閉著眼，卻並不感到恐懼。牠只是覺得奇怪，平時看上去那麼窩囊的吊吊，怎麼突然間也爆發出狼的嗜血的野性了呢?也許自己過去對吊吊的看法是片面的，也許吊吊孱弱的外表下不乏狼的本質，過去是沒有機會流露，今天在生與死的嚴峻關頭終於表現出來了。倘若真是這樣，牠這條老命算丟得值得，牠的老朽無用的生命誘發了吊吊潛藏得很深的狼的野性，牠就再也不用爲媚媚和下一代狼孫的退化問題犯愁了。

牠停止了掙扎，等待著吊吊致命的一擊。

但等了半天，自己的頸窩處並沒有出現被噬咬的痛楚，牠驚訝地睜開狼眼，僅僅相隔幾秒鐘的時間，吊吊的眼裡復仇的火焰熄滅了，又恢復了平時那種怯懦的模樣。踩在牠身上的堅實有力的狼爪也放鬆了壓力。

紫嵐一挺身，很容易就從吊吊的爪下解脫了出來。牠和吊吊面對面佇立著，互相盯著對方的眼睛，進行精神上的交鋒。

吊吊軟了，徹底軟了，挺直的尾巴鬆軟落地，蹲在地上，目光充滿委屈，發出低沉的哀叫，模樣挺可憐。

紫嵐明白，吊吊是在向牠乞求垂憐，是想讓牠開恩，而這副弱者的可憐相恰恰是牠最不能忍受的。要是吊吊堅持先前那種強硬的態度，來拚，來搶，來爭，來奪，也許，牠還會改變初衷，放棄棒打鴛鴦刀劈連理的企圖，發點慈悲讓牠們享受愛的權利和自由。現在吊吊這副令牠作嘔的態度，只能激起牠更深的鄙夷和憎惡。

假如一匹公狼，在爭奪配偶時還不能發揮其野心和膽魄，是理應被生活徹底淘汰的。

可惜，紫嵐不能立刻撲上去咬斷吊吊的喉管。牠年老力衰，又跛著一條腿，面對面地搏殺不是吊吊的對手。牠只能智取。

於是，紫嵐的臉上浮顯出一種無可奈何的表情。牠低眉頷首，溫順地蹲臥在地，將嘴埋在腋窩下，這動作是在告訴吊吊，我屈服了，我妥協了，我禁不起你的乞憐和哀求，答應你的要求了。

吊吊信以爲眞，走到紫嵐身邊，諂媚地用舌頭舔紫嵐的腳爪，表示弱者對強者的感恩戴德。

紫嵐翻了個身，仰面躺在地上。

吊吊舔了紫嵐的後爪，又來舔紫嵐的前爪。

紫嵐佯裝著十分愜意的樣子，半閉起眼，暗中卻把前爪彎曲到胸前，擺出最有效的蹬踢姿勢。當吊吊舌頭舔著牠前爪的一瞬間，牠對準吊吊的下巴頦，猛地一蹬，吊吊沒有防備，被蹬得兩條前腿離地，上半身騰空而起，整個喉嚨完全暴露出來。不等吊吊的身體從空中落地，紫嵐閃電般地躥跳起來，一口叼住吊吊的喉管，猛烈噬咬。

隨著一聲脆響，吊吊柔軟的頸窩血漿四濺，身體一軟，咕咚倒地，四肢抽搐了一

陣，身體便逐漸冷卻僵硬了，只有那隻獨眼，還瞪得溜圓，凝固著一抹遺恨的光。

紫嵐本打算把吊吊的屍體丟進深箐＊或找個隱蔽的地方掩埋起來的，但轉念一想，這事要想瞞住媚媚是不可能的，無論牠把吊吊的屍體藏匿在哪兒，媚媚都能憑著靈敏的嗅覺尋找到。乾脆，就讓吊吊躺在最顯眼的山坡上，倒也能對媚媚起到警告的作用。

＊深箐：很深的箐；箐，泛指樹木叢生的山溝。

四

紫嵐沒料到，媚媚會用絕食來反抗。

自從媚媚看到吊吊的屍體後，整整兩天兩夜過去了，媚媚蜷縮在石洞的角落裡，不吃也不喝。紫嵐把剛剛咬死的獵物拖曳到石洞裡，送到媚媚的嘴邊，濃烈的對狼的神經具有極強刺激作用的血腥味似乎也失去了效用，媚媚連鼻子都沒聳動一下，望也不望嘴邊的食物一眼。紫嵐氣得暴跳如雷，連咬帶撕，對媚媚施之以殘酷的懲罰，威逼媚媚吃食，但媚媚相當倔強，任憑紫嵐撕咬，就是不吃東西。堆積成小山似的食物招來一群群綠頭蒼蠅，新鮮的獵物很快腐爛變質，散發出一股惡臭，爬滿了乳白色的肉蛆，石洞裡的空氣變得異常混濁。沒辦法，紫嵐只好充當清潔工的角色，把好不容易尋覓來的食物又拖出洞去扔掉。

又過了兩天，媚媚連哀嗥的力氣也沒有了，眼光呆滯，嗓子瘖啞，形容枯槁，肩胛和胸側的骨頭一根根凸露出來。紫嵐憂心如焚，牠曉得，媚媚如果再繼續這樣絕食下去，再過兩天，就會因身心極度衰竭而死亡的。媚媚一旦死去，則意味著牠紫嵐爲之奮鬥了一輩子的理想和抱負徹底毀滅了。不，牠一定要讓媚媚活下去，牠一定要挽救一顆被無聊的情愛沉淪了的心。牠苦思冥想了一夜，終於想出一條很別致的計謀來。

翌日清早，紫嵐跑到臭水塘伏擊，運氣不錯，撲倒了一頭前來飲水的小黃麂。牠沒有像以往那樣，一口咬斷小黃麂的喉管，也沒有按狼的習慣用利爪去撕爛小黃麂的嫩皮細肉，而是一反常規，輕輕地用狼爪按住小黃麂的脊背，朝悲痛欲絕的母麂發出尖厲的狼嘯，把母麂嚇跑了。然後，紫嵐用嘴叼住小黃麂的一隻耳朵，尾巴像條鞭子似地抽打著小黃麂的屁股，把小黃麂一直驅趕到石洞裡。

小黃麂已被嚇得半死，卻還活著。

紫嵐把小黃麂推進石洞後，自己就蹲在洞口，封鎖了出路。石洞裡一片幽暗，瀰漫著一股狼的腥臊。可憐的小黃麂用恐懼的目光望了望蜷臥在角落裡的媚媚，退到石洞另一側的一個石旮旯裡，發出呦呦的哀叫。

紫嵐蹲在洞口，藉著斜射進洞去的幾縷陽光，緊張地注視著媚媚的反應。

起初，媚媚似乎對小黃麂的到來無動於衷，仍然把嘴埋在兩條前腿盤曲成的臂彎裡，只是睜開緊閉的眼皮，瞄了一眼已嚇得半死的小黃麂，又垂下眼皮昏睡打盹。

很長一段時間，媚媚臥在石洞這端，小黃麂躲在石洞那端，相隔幾尺遠，誰也不干擾誰，似乎食肉類猛獸與食草類動物和平共處了。

但漸漸地，處於靜止狀態的媚媚發生了微妙的變化，半垂著的耳朵慢慢豎直了，耳尖神經質地顫動起來。緊閉著的眼睛一次又一次地睜開，將目光投向渾身發抖的小黃麂。儘管媚媚仍蜷臥在角落沒有動彈，但紫嵐已看出媚媚的眼光不像剛才那麼呆滯，那麼黯然無光，而是越來越變得生動，變得炯炯有神。眼睛是心靈的門窗，對狼來說也是如此。紫嵐從媚媚變幻的目光中，看出媚媚的心在動搖。

作為一匹狼，也許確實能抗得住飢餓的折磨，把食物拒之口外，因過度憂鬱而抑制了食欲，甚至抑制住生存的本能，但紫嵐不相信一匹有血有肉的狼面對一隻活蹦亂跳的小動物，能長時間保持無動於衷的態度。

瞧，躲藏在石旮旯裡的小黃麂在強烈的逃生欲望的支配下，開始沿著洞壁竄來奔去，尋覓逃生的出口。洞口已經給紫嵐封鎖了，小黃麂出不去，就四處亂鑽。好幾次，小黃麂擦著媚媚的身邊過去，那條短短的麂尾巴甩到媚媚的額角上了。

紫嵐暗暗高興，這是最有效的引誘。

果然，媚媚的腦袋開始微微擺動，目光追隨著小黃麂奔逃的身影，狼毛開始豎起，並有節奏地輕輕抖動。這無疑是內心騷亂的表現。

小黃麂仍然在石洞內莽莽撞撞地繞圈子。

終於，媚媚倏地挺立起來，四爪趴開，脊梁下凹，臀部和腦袋高高翹起，伸了個懶腰，發出一聲響亮的長嗥。這是狼的意識覺醒的信號。

小黃麂被媚媚突然站起來嚇得在地上打了個滾，絕望地哀叫著，在洞內胡竄亂鑽。

小黃麂的哀叫聲無疑是強烈的興奮劑。

對媚媚來說，牠可以蔑視自己的生命，可以對堆積如山的食物嗤之以鼻，但卻克制不住對軟弱無能的食草類動物攻擊的本能，這是狼通過遺傳基因積澱下來的本能。狼象徵著力量，象徵著殘暴，狼代表著毀滅和死亡。狼生來就是用強者的姿態去征服弱者的。在嚴酷的叢林法則的支配下，狼身上的每一個細胞，血管裡的每一滴血漿，都帶著攻擊食草類弱小動物的烙印，情愛的挫折也罷，對自身生命的蔑視也罷，都無法湮滅這種本能的。特別是當小黃麂發出絕望的哀叫時，對狼的耳朵來說，猶如悅耳仙樂，來自天堂的聖歌，會產生一種不可遏制的要攫取生命的衝動和欲望。

媚媚的眼裡流光溢彩，臉上一派捕食前的興奮和狂熱。牠輕輕在石頭上磨利著爪，緊盯著在石洞有限的空間裡逃竄的小黃麂。驚慌失措的小黃麂連連滑跤，呆頭呆腦地原地旋轉，好一場精采的死亡的舞蹈。媚媚欣賞夠了，這才閃電般地躍起，精確地壓在小黃麂身上，在小黃麂最後一聲慘叫聲中，麻利地一口咬斷小黃麂的喉管。血漿四濺，媚媚用嘴對準小黃麂的喉管斷口，貪婪地吮吸起來。

紫嵐蹲在洞口，目睹了這一切，心裡壓著的一塊石頭總算落地了。牠離開石洞，到草原溜達。背後是清秀俊逸的雪峰，前面是翠綠無垠的草地，天寬地闊，哦，太美了，牠沉浸在克服了一場家庭危機的喜悅中。牠覺得自己是一名優秀的導演，導出了一幕傑出的喜劇。

五

媚媚進食了，媚媚總算活下來了。但媚媚除了捕食和進食外，對其他一切都喪失了興趣。媚媚對待牠的態度依然像絕食期間那般冷漠，不理不睬，讓牠寒心。牠想方設法想驅散鬱結在媚媚心頭的陰雲，把媚媚帶到遙遠的白龍泉，喝清澈甘甜的泉水，帶媚媚闖進羊群，和牧羊人巧妙周旋，叼走肥嫩的羊羔，甚至去偷襲凶惡的雪豹的巢穴，在母豹的鼻眼底下去攻擊小雪豹，玩世界上最驚險的捕食遊戲……。紫嵐費盡心機，用盡手腕，試圖激發媚媚身上被壓抑的生活熱情，但媚媚的反應始終是冷冰冰的。

紫嵐明白了，媚媚患的是憂鬱症，是一種心病，心病須用心藥醫啊。可是，用紫嵐的眼光來衡量，整個狼群中能完全符合牠挑選狼婿標準的大公狼實在少得可憐，現在又是狼群散居的季節，各自都在浩瀚的尕瑪兒草原遊蕩，很難替媚媚找尋到一匹如意郎君。

眞是踏破鐵鞋無覓處呀。

那天黃昏，紫嵐在棲身的石洞口默默注視著落日。餘暉變幻著色調，嫣紅、水紅、玫瑰紅，轉瞬便消失在天涯盡頭；草原被鉛灰色的暮靄壟斷了，蒼茫沉靜。突然間，牠瞥見遠處的草叢中閃現兩粒幽藍的光點，牠立即判斷出那是同類的眼光。果然，微風送來一股牠所熟悉的狼的腥騷味，哦，來者是卡魯魯！牠情不自禁地渾身戰慄起來。卡魯魯邁著優閒的步子朝石洞走來，紫嵐一顆心溫柔地怦怦跳動起來。莫非絕情的卡魯魯回心轉意了！莫非卡魯魯也耐不住孤獨和寂寞來尋找牠這匹老母狼爲伴了？親愛的卡魯魯，我雖然容顏已衰，但我會用十倍的溫柔，百倍的體貼，堅貞不渝的愛，來彌補我容顏的缺陷。請相信我，紫嵐在心裡念叨，我飽經風霜，比起那些只會賣弄風騷的情竇初開的小母狼，更懂得生活，更珍惜感情。來吧，卡魯魯，莫猶豫了，只要你對我敞開你結實的懷抱，我立即將媚媚驅趕出去，我的石洞將成爲你的石洞，我的獵食的領地也將成爲你的領地，我會像你的影子一樣忠實地伴隨著你，將和你一起覓食，一起面對艱辛的生活……。

然而，紫嵐發現，卡魯魯雖然是朝著自己走過來，但卡魯魯的眼光卻從自己的頭頂穿過，投射進自己身後的石洞內，在窺視，在張望。當石洞內傳出媚媚的嘆息聲時，一瞬間，卡魯魯的瞳仁裡閃現出一道熾熱的光芒。

紫嵐忍不住打了個寒噤。牠明白了，卡魯魯並不是衝著牠來的，而是衝著洞內的媚媚來的。這很痛苦，但卻是事實。

紫嵐從喉嚨裡發出一聲低沉的嗥叫，牠委屈，牠憤慨，牠悲傷。絕情絕義的卡魯魯，竟然視牠的一顆愛心如同糞土；可惡的媚媚，竟然要同含辛茹苦把牠撫養長大的母親爭風吃醋，搶奪大公狼了！紫嵐恨不得一下撲到卡魯魯身上，咬斷卡魯魯的喉管，讓卡魯魯為絕情付出應有的代價，而牠一定能享受到一種驚心動魄的報復的快感。牠寧可毀滅一切，自己得不到的東西也不讓其他狼得到，這是狼的生活原則，符合狼的道德標準。是的，牠跛著一條腿，極有可能還沒等牠朝卡魯魯亮出犀利的牙齒，自己就已經被對方咬斷喉管了，但至少，牠可以用自己的一腔熱血，來敗壞卡魯魯的興致，沖淡卡魯魯的鴛鴦夢，讓卡魯魯今後的家庭生活永遠籠罩著死亡的陰影。

可是，當紫嵐的眼光落到卡魯魯厚實的胸脯上時，另一種想法突然間抵消了復仇的刻毒心理。卡魯魯成熟、強壯、勇敢，是匹優秀的大公狼，假如媚媚能和卡魯魯結合，倒不失爲一樁兩全其美的事，既可以治癒媚媚的憂鬱症，又能使牠得到優秀的狼孫，將來去爭奪狼王寶座，實現黑桑—紫嵐家族未竟的遺願。

可是……可是……牠紫嵐絕非平庸之輩，怎能甘心眼睜睜望著自己所鍾情的大公狼投入另一匹母狼的懷抱呢？更何況競爭對手還是自己的女兒，仇恨與嫉妒之外平添了無限委屈。

不行，牠不能幹傻事。

這時，卡魯魯已走到牠面前，用鄙夷的眼光睨視了牠一眼，極不耐煩地用前爪刨著土，嗥了幾聲，意思是讓牠識相些，快點讓路。

紫嵐倔強地站在洞口，擋住了卡魯魯。無恥的傢伙，你就踩著我的屍體進去吧。

突然，洞內傳來媚媚一聲長嗥，如泣如訴，像是在哀求，像是在渴望。

紫嵐長嘆一聲，挺直的脊梁剎那間垮了下來，倏地一聲從卡魯魯身邊溜下坡去。

石洞口敞開了。

紫嵐在坡下豎起耳朵凝神聽了聽，石洞內傳來媚媚的咆哮聲和卡魯魯恫嚇威逼的嗥叫。這聽起來像是一場激烈的征服和反征服的搏鬥，但紫嵐明白，這僅僅是表面現象，用不了半個時辰，媚媚象徵性的反抗便會自動結束，順從地柔和地發自心底的輕嗥將代替凶猛的咆哮。

畢竟，卡魯魯從膽魄到體格都是一匹優秀的大公狼，對母狼來說，具有極大的誘惑性。

紫嵐只在坡下停留了幾秒鐘，便一頭鑽進茫茫草原。牠沒有勇氣繼續聽下去。牠的神經雖然堅強，卻也受不了如此巨大的刺激。牠的心已經破碎了。

第六章

一

一晃就兩個月過去了，自離開石洞後，紫嵐飽嘗了一匹孤獨的無家可歸的老母狼所能得到的全部辛酸。牠失去了棲身的巢穴，也失去了狩獵領地。牠原打算離開石洞後去占據吊吊那個石窩的，吊吊已經被牠咬死了，石窩空閒著。但牠連夜趕到吊吊的石窩一看，一匹名叫痲痲的剛剛成年的公狼已比牠搶先一步占據了吊吊的石窩，當然也同時接收了吊吊遺留的狩獵領地。牠既沒有興趣也沒有力量從痲痲的爪和牙下把吊吊的石窩和領地搶奪過來。牠也沒有能耐到荒蠻的草原盡頭從雪豹、豺狗或老虎那兒去開拓自己新的狩獵領地和建立自己新的巢穴。牠只能流浪。餓了便跑到屬於別的狼的狩獵領地裡，偷偷獵食鼴鼠、角雉、草兔之類的小動物充飢；睏了，隨便找個避風的角落，蜷曲起四肢躺一躺。最難熬的是雨夜，既沒有同伴可以互相依偎著取暖，也沒有遮風擋雨的洞穴，被無情的雨水澆得渾身精濕，被暴風颳得全身的毛倒豎，徹夜難眠，在黑沉沉的曠野裡發出一聲又一聲淒厲的長嗥。

僅僅過了兩個月，紫嵐便明顯地衰老了，奔跑幾步就會喘不過氣來，連行動最笨拙的草兔也追攆不上了。牠喪失了獵食的能力，只能去偷食老虎或雪豹等猛獸吃剩的殘骸，同討厭的禿鷲掙搶皮囊和骨渣。牠成了地道的竊賊，成了可憐的要飯花子。

那天，牠流浪到日曲卡雪山偏遠的山腳下，走進一塊窪地。窪地裡布滿了裸露的岩石，石頭的縫罅間長著一叢叢稀疏的駱駝草，景色荒涼，紫嵐覺得這兒既陌生又熟悉，似乎自己曾經來過這兒，並且在這塊荒涼的窪地裡曾經發生過一起改變了牠命運的事件。但牠混沌的腦子一下子回想不起究竟發生過什麼事。時間如流水，沖淡了牠的記憶。牠低頭開始尋找，袋形的窪地，青灰色的岩石，褐紅的土壤，偶爾還望得見一兩具野獸白花花的骨骸。山風穿過瓶頸似的狹小的山谷，發出公豬發情般的囂叫聲……。突然間，紫嵐被歲月的風塵封住了的記憶的閘門打開了，這兒就是牠夢中都詛咒過的鬼谷，是黑桑的葬身之地。

自從黑桑在這片猙獰的岩石間被野豬的獠牙洞穿胸脯後，她就再也沒有來過此地，這似乎是一種忌諱，牠不願觸景生情，勾起傷心的往事。牠不明白自己怎麼會在失去了棲身的石洞，失去了獵食的領地，喪失了捕食的能力的今天，又跑到鬼谷來了。似乎冥冥中有一股神秘的力量把牠牽拉到這兒來的。

難道是黑桑在向牠召喚嗎？

牠很快找到了黑桑嚥氣的地方，那是在一塊龜形的花崗岩後面。花崗岩向陽的一面被太陽曬成古銅色，仍然是一小叢堅硬的駱駝草，仍然是一層灰白色的砂礫，但黑桑卻不存在了，連一根遺骨都看不見了。尕瑪兒草原凶猛的紅螞蟻早已把黑桑的屍骸吞噬得乾乾淨淨。牠把鼻子貼著潮濕的砂礫，聳動著鼻翼，使勁嗅聞，想聞出些牠熟悉的黑桑身上所特有的那股氣息。似乎聞到了，卻好像沒聞到。可是，時間可以抹掉一切有形的痕跡，卻無法抹掉牠鐫刻在心靈上的黑桑臨死前凝視牠的眼光。那是哀怨的、悲愴的、壯志未酬的眼光，只有牠紫嵐能理解這眼光的內涵，就是要讓黑桑——紫嵐家族的子孫爭奪狼王寶座。遺憾的是，直到今天，牠紫嵐也沒能實現黑桑臨終前的囑託。

牠累了，帶著惆悵，帶著思念，帶著愧意，蜷伏在黑桑喪生的那小片砂礫上。迷迷糊糊間，牠看見黑桑從草叢裡竄出來了，黑桑黑得發亮的毛色上籠罩著一層金色的光環，黑桑來到牠面前，伸出狼舌深情地舔牠的脊背，牠沉浸在甜蜜的醉意中；突然，黑桑身上那層金色的光環飄飛起來，幻化成一張網，把牠罩住了，牠通體發亮，變成一顆耀眼的星星，飛向寶石藍的夜空……。牠興奮地嗥叫一聲，驚醒過來，原來是一場夢。可惜，好夢不長。抬頭看看，已是滿天星斗，牠在鬼谷已昏昏沉沉睡了半夜了。此時此地做這樣的夢，牠憑著老狼的智慧，預感到自己已經離死神不遠了。

二

紫嵐又回到了自己棲身多年的石洞前，躲在離洞口很遠的一叢黃竹後面，朝石洞窺望。牠不想貿然闖進洞去，說不清是一種什麼樣的心理在作怪，牠很怕見到卡魯魯。

在尕瑪兒草原流浪了兩個多月，牠還是第一次回石洞。按照狼群的生活慣例，牠既然把棲身多年的巢穴讓給了媚媚，既然媚媚已獨立生活，牠就不該再回石洞來的。狼沒有串親戚的嗜好和習慣。但牠克制不住老死前再見一次媚媚的強烈願望。算算日子，媚媚應該快生狼崽了。媚媚生下的狼崽，不但是卡魯魯的種，其中有一半是黑桑——紫嵐家族遺傳的血脈。牠非常想見見這些狼孫，親吻牠們毛茸茸的額頭，舔舔牠們柔軟而又光滑的身體，把祝福與期待，把慈愛和希望，連同兩代狼為之付出了血的沉重代價的理想，一起傳授給可愛的狼孫們。這樣，牠紫嵐死也瞑目了。

牠等得腰也痠了腿也疼了，太陽升得老高了，才見卡魯魯出現在洞口。紫嵐不禁皺了皺眉頭。貪睡對肩負著養妻育兒責任的公狼來說，並不是一種好習慣。卡魯魯在洞口那縷斜射的陽光裡站了一會，大概是適應一下視力，然後舒適地趴在地上伸了個懶腰，這才踏著碎步朝尕瑪兒草原跑去。但願這匹絕情絕義的大公狼能交個好運，獵取到一頭油光水滑的香獐或馬鹿什麼的，紫嵐忿忿地為卡魯魯祈禱著。

等卡魯魯的影子完全消失在夏天茂盛的草叢後，紫嵐這才朝牠十分熟悉的石洞走去。

剛走近洞口，洞內便傳來媚媚憤怒的嗥叫聲。媚媚一定還以為是陌生的狼來了，所以才會如此憤怒的。狼在雌雄同棲時是不喜歡別的狼來打攪自己寧靜而又溫馨的家庭生活的。媚媚，你不必驚慌，也不用憤怒，是我來了，是把你養育成狼的狼母來看你了。紫嵐想著，把腦袋鑽進洞去，突然，石洞內竄出條黑影，朝牠咆哮。是媚媚。紫嵐注意地朝媚媚的腹部望去，果然隆得像座小山，鼓鼓囊囊，沉重得把媚媚挺直的脊梁也差不多壓彎了。牠估計，媚媚的肚子裡起碼有四隻以上的狼崽呢。黑桑—紫嵐家族總算後繼有狼了！牠眞想撲上去深情地舔舔媚媚那鼓隆起來的腹部，用舌頭感觸那些在母體裡不安分的小狼崽。

然而，媚媚齜牙咧嘴地朝牠狂嗥，就像遇到了竊賊看到了強盜似的。

媚媚，是我呀，我是紫嵐！

媚媚張牙舞爪，氣勢洶洶地朝牠逼近。

紫嵐被迫退了兩步，發出一聲長長的哀嗥。媚媚，才分別了兩個多月，你難道就連我也認不出來了嗎？

媚媚的眼裡閃爍著狠毒的光，那架式，恨不得一口咬斷紫嵐的喉管。

紫嵐連連往後退卻。

媚媚不可能認不出牠來的，牠想，狼的嗅覺和視覺比最優秀的獵狗都還靈敏，別說才分開兩個月，就是分別兩年也不會對彼此的氣味感到陌生的。一定是媚媚誤解了牠的來意，還以爲牠是來搶奪巢穴的，或者更糟，認爲牠是想來嘗嘗新生狼崽鮮嫩的滋味。狼群中不是沒發生過這樣的事，個別年老體衰行動遲緩獵食困難的老狼，偷食天眞爛漫的小狼崽。

不不，媚媚，請相信我，我不是來和你爭奪石洞的，我也絕不會加害於未出世的狼孫的。紫嵐將尖尖的嘴塞進鬆軟的沙土裡，發出淒惋的哀叫，用以表白自己的心跡。

但媚媚並不相信牠的表白，仍然一步一步地逼過來。突然，媚媚凌空躥起，撲到牠身上，一口咬住牠的脖子，牠疼得在地上打滾，這才把媚媚從身上甩脫。鮮血從牠的頸窩緩慢地滴落下來，空氣中瀰散開一股刺鼻的血腥味。牠退縮到石洞外一條石坎上，再看媚媚，全身的毛已豎得筆直，眼裡凶光畢露，上下頜＊左右蠕動——那是在磨礪那口結實的鋒利的牙齒，前肢蹦直，後腿微曲，從喉嚨深處發出一串低沉的嗥叫

＊上下頜：構成口腔上部和下部的骨和肌肉組織叫做頜。上部叫上頜，下部叫下頜。

。紫嵐不禁打了個寒顫，很明顯，媚媚正準備進行第二次更凶猛的撲擊。也許這一次，媚媚會一口咬斷牠的喉管。牠老了，生命的油燈快要熄滅了，牠已不是媚媚的對手。假如勉強反抗，只有死路一條。或許，在撲咬中，牠能將殘餘的生命，凝聚在已泛黃變脆的爪和稀疏鬆動的牙上，雖然自己最終仍逃不脫被媚媚咬斷喉嚨的厄運，卻可以在臨死前也咬斷媚媚的一根肋骨或一根腿骨什麼的。但是，媚媚高隆著腹部，已臨近分娩，傷害了媚媚就等於傷害了寄託著黑桑—紫嵐家族理想的狼孫啊！

牠紫嵐再愚蠢，也不至於去做毀滅自己事業的蠢事呀！

牠別無選擇，只有轉身逃命。

幸虧媚媚沒有捨命窮追。

當費了好大的勁終於逃出媚媚視線外後，紫嵐已累得渾身的骨頭都快散架了，口吐白沫，癱倒在地。最使牠無法忍受的，是牠一片善意和好心，竟然換來被追咬的結果，自己竟然被親生的女兒驅逐出家。

這眞是天大的冤枉，眞是奇恥大辱。

天理何在？天理何在？

牠抬頭望望天空，蒼天一片靜穆。

牠恨透了媚媚，假如牠還有足夠的力量，牠眞想……。但這能怪媚媚無禮嗎？對狼來說，生存就是法律。狼是不講孝順的，也沒有任何這方面的道德顧忌。媚媚既然已經離開牠獨立生活了，自然就不再需要牠這匹討厭的老母狼了。尤其是媚媚已臨近分娩，警惕性當然要比一般的狼都要高，唯有這樣，才能保證狼崽們平安出世。媚媚的行爲是完全符合狼的生活邏輯的，是無可指摘的；站在狼的立場上，牠還應該讚賞媚媚的自私與狠毒。紫嵐這樣想著，心裡似乎得到了些許安慰。

但是，牠太想見一見屬於黑桑—紫嵐家族血統的狼孫們了。

牠累了，臥在夏天早晨的陽光裡，昏昏沉沉地睡著了。

石洞裡，媚媚正在經受臨產前的陣痛。

三

是一股猛烈的氣浪把牠從昏睡中驚醒的。牠開始還以爲是老天爺颳起的雷雨前的狂風呢，可睜眼看看，碧天如洗，沒有一絲雲彩。也許是在作夢吧，牠想，剛要繼續閉目養神，後腦勺又感覺到一股猛烈的氣浪衝擊而來，並夾帶著一股食肉類猛禽所特有的那股甜腥的氣味。牠急忙扭身望去，原來是一隻金鵰，在半空中撲搧著巨大的翅膀，在牠背後畫了道漂亮的弧形，升上天空。雖然只是短促的一瞥，但牠已看清金鵰的面目，臉頰上那層白毛混濁變色，喉結上垂掛著一綹長長的山羊鬍鬚，哦，原來是隻老鵰。

一般來講，金鵰雖然天性凶猛，但絕不敢主動襲擊一匹成年狼的，一定是金鵰誤以爲牠已倒斃荒野，或者以爲牠已衰老得奄奄一息，所以才想飛下來撿便宜的。紫嵐這樣判斷著，心中油然產生一種怨憤，有眼無珠的傢伙，別看我已步入暮年，但我還有足夠的力氣咬掉你的鵰爪，咬斷你的翅膀呢！牠強打起精神，朝在天空中翱翔的金鵰發出一聲嗥叫。

金鵰無可奈何地長嘯一聲，飛上雲霄，在天空優雅地偏仄翅膀，飛到石洞的上空去了。

石洞裡有即將分娩的媚媚。

猛然間，紫嵐的思緒被帶回好幾年前那個令牠心碎的日子。牠最得意的狼兒黑仔，也就是在這裡被可惡的金鵰叼走的。毫無疑問，戕害心愛的黑仔的就是頭頂那隻老鵰。這方圓幾十里的天空，從來就是老鵰世襲的領空。要是當初，黑仔沒遭這隻老鵰襲擊，那麼今天，黑仔完全有可能已堂堂皇皇登上狼王寶座了，牠也就不會經歷這麼多殘酷的折磨了。可以說，頭頂那隻正在飛翔的老鵰是牠苦難的源頭。沒有這隻老鵰作怪，牠何至於會落到現在這種孤苦伶仃無家可歸的地步呢？仇敵相見，分外眼紅。牠恨不能身上立刻長出一對翅膀來，凌空搏擊，追上這隻該死的老鵰，摳瞎那對淡褐色的鵰眼。可惜，這只能是一種美麗的幻想，牠是狼，是陸上動物，不可能飛上天去的。而那隻該死的老鵰，也絕不會意氣用事，從天空飛降大地來同牠這匹老狼決一死戰的；只有等牠倒斃荒野或奄奄一息時，老鵰才會從容地從天而降，來啄食牠的屍體。

主動權永遠掌握在老鵰手裡。紫嵐無可奈何地搖搖頭，剛想離去，突然，山麓的石洞裡傳來媚媚的嗥叫聲，這叫聲如此奇特，急促而又委婉，像是痛楚的哀號，又像是幸福的歡叫，苦難和甘甜，恐懼和渴望，死亡和新生，奇妙地揉合在同一聲嗥叫中。這是在分娩前的陣痛中發出的嗥叫，不會錯的，牠經歷過這種時刻，記憶猶新，絕對不會聽錯的。剎那間，牠腦神經處於極度的亢奮狀態；牠的狼孫就要誕生了！優秀的新一代狼種就要降世了！未來的狼王就要落地了！牠抬起頭，想仰天長嗥，傾吐內心的欣喜。當牠的眼睛凝視蔚藍的天空時，牠驚呆了，心臟也彷彿停止了跳動；那隻正在石洞上空翱翔的老鵰也被媚媚在分娩前的陣痛中所發出的嗥叫聲吸引了，上下頡頏，左右翻飛，顯出一種捕食前的興奮。該死的老鵰一定是回想起了過去吞食黑仔的鮮美滋味了。

老鵰在石洞上空盤旋著，盤旋著，像被磁石吸引住似的，久久不肯離去。

紫嵐似乎看見了老鵰猙獰的面孔和嘴喙裡滴出來的口涎。

——那些可愛的狼孫們，在長滿一歲前，是沒有能力保護自己免受老鵰侵襲的。

——媚媚無論怎樣警覺，也難免會有疏忽的時候；

——活潑健壯天性好動的狼孫們肯定會鑽出石洞到草地上嬉戲，只要牠們一走出石洞，就立刻暴露在老鵰的視線內；

——老鵰會像一片枯葉無聲無息地飄落下來，沒等天眞的狼孫們反應過來，堅利的爪就已掐斷了牠們柔嫩的脊背；

——黑仔的悲劇將在狼孫身上重演……

不，牠絕不能坐視黑仔的悲劇重演的。牠一定要用殘存的最後一點生命，驅散石洞上空這片死亡的陰影。

牠無法飛上天去同這隻該死的老鵰搏鬥，唯一的辦法，就是用計把老鵰從天上騙下來。牠曉得，老鵰不是傻瓜，不會輕易上當的，這將是一場艱苦的體力和智力的較量。但願牠殘餘的生命能支撐牠完成這一生的最後一個願望。

四

紫嵐知道，自己必須首先裝出一副老鵰可餐之物的模樣來吸引老鵰的視線。於是，牠跛起一條腿，趔趔趄趄在草原上行走，還不時從喉嚨裡發出一陣陣衰老的喘息聲。牠相信，金鵰的視野是非常開闊的，一定會立刻發現牠這個目標，當老鵰看清原來是一匹衰老得快用黃土蓋臉的老狼時，便會激起貪婪的食欲，向牠飛撲下來的。

果然，牠這樣一步一喘的沒走多遠，老鵰黑色的投影就開始在牠四周移動了。

好極了。看來，這是一隻蠢笨的老鵰，很容易就會被牠的假象欺蒙住的。紫嵐決定深化這種表演。牠看見一塊不大不小的卵石擋在路上，靈機一動，假裝被卵石絆了一跤，摔倒在地，想站起來，掙扎了幾次都沒有成功，累得癱臥在地，肚子猛烈地抽搐著，似乎連呼吸都變得極其艱難，嘴裡大口大口吐著白沫。牠動作自然，表演得恰到好處，就像一名演技高超的天才演員。

好了，智商不高的老鵰，你該採取行動了。

老鵰已飛臨牠的頭頂，巨大的翅膀遮斷了陽光，恐怖的投影籠罩在牠的身上；老鵰在慢慢降低著飛行高度，這是牠根據地上的投影越來越縮小判斷出來的。牠不敢抬頭望天，怕老鵰會因此看出什麼破綻來。牠耐心地等待著，暗中做好了準備。前面不遠是片低矮的灌木林，藤蘿交纏，荊棘密布，這是牠爲該死的老鵰挑選的墓地。牠等待著老鵰閃電般的俯衝，當老鵰那雙鐵爪攫住牠脊背的一瞬間，牠將跳起來拚足力氣朝灌木林裡狂奔。老鵰一定會被牠突如其來的動作驚呆的，幾秒鐘後，當老鵰從震驚中反應過來是中了圈套，想反悔，也已經來不及了，牠已把老鵰拖進灌木林。交纏的藤蘿會無情地縛住老鵰的身體，密布的荊棘會折斷老鵰的翅膀，斷了翅膀的猛禽比一隻香獐更容易對付。誠然，牠的狼皮狼肉會被老鵰鉤形的鐵爪刺破，也許，尖利的鵰

爪會深深嵌進牠的肌腱，會在牠身上留下八個組合成梅花形的血洞，會給牠帶來無法忍受的創痛，但牠相信自己還不至於會受致命傷。牠雖然衰老，但還沒有衰竭，牠還能從老鵰的鐵爪下挺過來，牠將贏得這場搏殺。

老鵰飛臨牠的頭頂，離地面只有一棵大樹樹梢這麼高了。翅膀搧動的氣浪把四周的草葉吹得東搖西晃，那股猛禽的甜腥噴灑而下。來吧，飛撲下來吧，別磨蹭了，別猶豫了，瞧，我已是匹口吐白沫四足抽搐奄奄一息生命垂危的老狼了，已完全失去了反抗能力，任憑你來啄瞎我的眼珠，來宰割我的皮肉。

老鵰保持著樹梢的高度，一圈又一圈地盤旋著，遲遲沒有飛撲下來。

該死的老鵰，難道你情願啄食冰涼僵硬的屍體，而不願擒食還有一口氣的活物？老鵰仍然不緊不慢不高不低地在牠頭頂的天空盤旋，在碧藍的天幕上用金色的翅膀畫著一個個巨大的圓圈。

紫嵐只得繼續表演。奄奄待斃的角色並不是那麼好演的，本來就口乾舌燥，還要一個勁地吐白沫，直吐得頭暈眼花，神思恍惚；本來就飢餓難忍，還要猛烈搐動肚皮，直攪得肚子裡翻江倒海般的難受。

但老鵰似乎故意在同牠開玩笑，既不離去，也不飛撲下去，無休止地在牠頭頂居高臨下地飛行觀察。

太陽西斜了。太陽沉落了。一匹老狼和一隻老鵰仍然在日曲卡雪山山腳的草原上一個天空一個大地這樣僵持著。

牠把自己的對手估量得太低了，紫嵐在痛苦的等待中反省著。這隻老鵰並不蠢笨，恰恰相反，比其他食肉類猛禽更狡猾。眞不愧是一隻飽經風霜在險惡的叢林中廝混了多年的老鵰，那麼機警，那麼多疑。牠忍不住佩服起老鵰的沉著來。看來，牠有著老狼的智慧，老鵰也有著不相上下的精明，這將是一場勢均力敵的馬拉松式的搏殺，需要堅持到底的耐心。

這時，草叢裡竄出一隻灰褐色的田鼠，紫嵐做出一副飢餓難忍的模樣，欲逮住田鼠充飢；牠往前一撲，落點卻離田鼠還有半尺遠；受驚的田鼠往灌木林逃去，紫嵐站起來想追，剛邁出一步便跌了個跟頭，只能望著逃遁的田鼠發出一串嘶啞的哀號。

紫嵐這番即興表演具有雙重意義。第一，證明自己已衰老得想吞食骯髒的田鼠充飢；第二，自己已經連田鼠都對付不了了，已經是一匹衰竭到了失去了捕食能力的老狼了。

這是表演的高潮，是絕招啊。

但老鵰仍然在半空做逍遙遊，似乎在盡情欣賞牠的表演。

這該死的精怪的老鵰！

暮靄低垂，日曲卡雪山山腳紫氣氤氳。這正是歸鳥投林走獸進穴的時刻。紫嵐想，老鵰遲遲不飛撲下來，一定是看出了破綻，也許正在心裡嘲笑牠的愚蠢呢。老鵰很快會從天空灑下一串譏笑，然後飛回雪峰絕壁上的鵰巢。

奇怪的是，老鵰並沒有像紫嵐所想的那樣拍拍翅膀掉頭離去，而是啼鳴一聲，飛到離紫嵐左側不遠的一棵被雷電擊毀的枯樹上，停棲在枝椏間，目不轉睛地盯著牠觀看。

看來，老鵰並沒看出牠表演的破綻來，也沒有識破牠的假裝，還處在將信將疑半信半疑的心理狀態。老鵰出於饑饉的壓力，很想啄食牠這匹老狼，但同時，老鵰出於疑心極重的天性，怕上當受騙，所以遲遲不敢採取行動。

紫嵐只有奉陪到底了。

月亮升起來了，雪山和草原一片銀輝。毫無疑問，紫嵐的一舉一動，老鵰都看得一清二楚，沒辦法，紫嵐只好每秒鐘都保持著奄奄待斃的窩囊形象。

半夜，紫嵐實在累極了，也餓極了，牠非常想跑到臭水塘去，飲一通鹽鹼水，振作一下自己委靡的精神，然後逮一隻田鼠充飢。現在，田鼠已成了牠渴望的珍饈美肴了。牠半瞇著眼，偷偷打量著停棲在枯樹枝椏上的老鵰，老鵰像尊塑像，凝然不動，但那對銳利的鵰眼，卻在月光的反射下炯炯閃亮，老鵰在以逸待勞地監視著牠，只要牠站起來一跑，就意味著前功盡棄，大半天的心血算是白費了。

沒辦法，牠只好放棄了去臭水塘的念頭。

山麓的石洞裡，斷斷續續傳來媚媚臨產前痛苦而又幸福的嗥叫。

五

紫嵐不知道自己是怎麼熬過這一夜的。牠只覺得夜漫長得沒有盡頭。黎明時，牠覺得自己的四肢已經僵硬，頭暈眼花，快虛脫了。

當太陽從白皚皚的雪峰後面露出一片紅光時，老鵰又開始在紫嵐頭頂盤旋。老鵰雖然也是一夜沒合眼，卻仍然顯得那麼精神抖擻，那麼威風凜凜，帶著死亡的詛咒，帶著食肉類猛禽那種天生的傲氣，在天空飛翔。

太陽冉冉上升，明亮的光焰驅散了夜的涼爽，大地又變成熱浪翻滾的大火爐。紫嵐被炙烤得渾身像著了火似的難受。牠現在已不需要演戲，也不需要裝假了。經過一整夜的折磨，牠眞的變成奄奄待斃的老狼了。胸腔像堵著一坨泥巴，連喘氣都很困難。昨天牠還有信心逮到田鼠，此刻就是田鼠跑到牠面前咬牠的耳朵，牠也沒有力氣去對付了。

疑心極重的老鵰似乎還不相信牠的處境的眞實性，仍然在頭頂觀察著。紫嵐已意識到，牠和老鵰之間的力量對比，如果說昨天還是平衡的話，經過一夜的折磨，這種平衡已經打破了。假若此刻老鵰飛撲下來，牠已不太可能按原計畫把老鵰拖曳到灌木林去了。牠極有可能會被老鵰凌空攫起的。當然，牠是閱歷豐富的老狼，不會那麼傻，束手待斃的。牠會掙扎，會反撲，但牠最後那點生命和體力支持不了多久。能夠和老鵰同歸於盡，已經算是很幸運的了。在這場搏殺中，牠已失去了生的希望。

想到要死在老鵰的鐵爪下，紫嵐忍不住一陣戰慄。雖然牠已是一匹生命之火逐漸熄滅、生命之舟逐漸沉沒的老狼，但仍然有一種頑強的戀生本能。牠不願意去死，那怕苟活在這個世界上，總比死要好得多。後悔還來得及。假如此刻牠中止這場搏殺，牠還有力氣爬到臭水塘去，喝一頓清涼的鹽鹼水，就能恢復些許體力，然後在塘邊潮濕的泥土裡刨掘一些蚯蚓、地老虎、蜥蜴之類的充飢，牠生命的火焰就能繼續燃燒起來。或許，牠還能堅持活兩三個月，或許，運氣好的話，牠還能苟活半年。雖然半年以後還是免不了要老死荒野，但多活一天總是多一天幸福啊。牠完全有把握中止這場即將爆發的搏殺。只要牠強挺起精神，伸個懶腰，裝作不耐煩再繼續表演下去的那副模樣，朝老鵰齜牙咧嘴嗥叫一聲，老鵰就會被嚇跑的。

一般來講，金鵰是不敢襲擊生命力還很強的老狼的。

頭頂上空老鵰的飛翔姿勢發生了細微變化，動作不像剛才那麼優雅了，並漸漸地降低著高度。紫嵐預感到，一場對自己來說沒有任何生的希望的搏殺即將拉開序幕。自己剩下的時間已經不多了，是溜走還是迎戰，必須當機立斷，否則後悔也來不及了。

幹麼那麼愚蠢，要用生命去下賭注，去冒險，去和精怪的老鵰搏殺呢？這有什麼實質性的意義呢？紫嵐想，無非是爲了媚媚這個狼家庭日後的安全。但媚媚曉得牠紫嵐做出的巨大犧牲嗎？不，媚媚永遠不會知道的。即使媚媚知道了，也不會感激牠的；即使媚媚良心發現，感激牠，但牠已經死了，這種感激也失去了意義。眞的，牠憑什麼要爲媚媚去死呢？媚媚是個忘恩負義的傢伙，不但奪走了牠鍾情的大公狼卡魯，還霸佔了牠棲息了一輩子的石洞，甚至不讓牠再跨進石洞一步，還咬傷了牠的脊背。牠根本沒必要去爲媚媚犧牲自己的。牠覺得自己想通了，超脫了，變聰明了。牠抬起一條前腿，正要打退堂鼓，突然，山麓的石洞裡傳來媚媚急促的撕裂般的嗥叫。紫嵐一聽就明白，這是產門開啓時的嗥叫，也就是說，媚媚正在臨盆，牠紫嵐的狼孫正在從黑暗的子宮降臨到陽光燦爛的世界裡來。一想到可愛的狼孫們，紫嵐的心裡頓時湧起一股無端的柔情。雖然隔了一代，但狼孫們身上流淌的是黑桑——紫嵐家族的血脈；狼孫中間，肯定會有一匹成長爲主宰整個狼群命運的狼王。想到這裡，牠體會到了一種再生的幸福感。

老鵰越飛越低，巨大的金色的翅膀搧起一股死亡的氣息。不，牠紫嵐絕不能放棄這場搏殺的。假若今天牠不把這隻該死的老鵰送上西天，那麼明天，牠可愛的狼孫就有可能會成爲老鵰果腹的食物。牠反正是要死的，與其兩三個月後老死在荒原，還不如用殘剩的有限的生命來完成最後的宿願，替慘死的黑仔報仇，爲即將出世的狼孫們掃清生存的障礙。能死在和食肉類猛禽的較量搏殺中，對狼來說，是一種驕傲，也是一種永恆的歸宿。

老鵰，來吧！

老鵰在牠背後的上空飛翔，牠的脊梁被旋轉的氣流吹拂著，狼毛一根根豎了起來。牠沒有扭身，也沒有回頭，靜靜地躺臥著，等待著。用脊背來迎接老鵰的襲擊，對牠來說當然是極爲不利的，按照食肉類動物之間搏殺的習慣，牠應當扭轉身體，把頭朝向心懷叵測的老鵰，面對面地抗衡，但牠怕因此會嚇退神經過敏的老鵰。牠只好將最薄弱的脊背暴露給老鵰的鐵爪。牠聽到了老鵰喉嚨裡發出的咕嚕咕嚕的喘息聲，聽到了鵰爪關節伸縮時發出的咔嘰咔嘰的聲響。憑經驗來判斷，老鵰已飛到離牠脊背不足五公尺高的天空了。牠悄悄伸展狼爪，啓開狼嘴，暗中做好搏殺的準備。

突然，半空中所有的聲響一起消失，連旋轉的氣流也感覺不到了。世界變得一片寂靜，像死一樣的寂靜，靜得讓紫嵐感到揪心，感到發慌。牠明白，這是老鵰攻擊的前奏。老鵰一定是選擇了最佳的撲飛角度，在天空突然收斂翅膀讓身體像片落葉一樣悄然無聲地飄向目標。這是金鵰慣用的精妙絕倫的偷襲方式，有極大的欺騙性。果然，一兩秒鐘後，寂靜的天空傳來空氣被老鵰翅膀割裂的聲響。這聲音十分細微，如草葉擺動，似柳枝划水，但紫嵐憑著狼所特有的靈敏的聽覺，還是識別出來了。現在，是牠轉身迎戰的時刻了，牠應當以閃電般的速度扭腰轉身，然後翻一個滾，仰面朝天，在鵰爪攫住牠腹部的一瞬間，以爪還爪，用狼爪夾住老鵰的翅膀，在老鵰堅硬的嘴喙啄瞎狼眼的同時，以牙還牙，一口咬斷老鵰的脖頸。

牠紫嵐必須把時間計算得十分精確，早一秒鐘轉身或遲一秒鐘轉身都會貽誤戰機的。如果牠早一秒鐘轉身，老鵰會在最後關頭看出牠原來是匹還具有反抗能力的老狼，便會在距牠還有半米高的上空及時撲搧翅膀，飛遁遠方；如果牠遲一秒鐘轉身，老鵰的鐵爪便會攫住牠的脊背，使牠失去反撲能力。

這眞是千鈞一髮的生死關頭啊。

鵰爪已觸碰到牠脊背上的狼毛了，是時候了，牠憋足勁，扭動狼腰，藉著大地那股彈力，奮力轉身。以往，牠的身體是那麼敏捷，各個部位配合得是那麼和諧，腦子一旦出現動作意念，身體已自覺地完成了。但此刻，由於過度疲勞，由於長時間躺臥不動，四肢顯得僵硬，腰桿也失去了應有的靈性，身體變得笨重而又遲鈍，比預計晚了半秒鐘才完成轉身動作。這是性命攸關的半秒鐘啊。還沒等牠將狼嘴和狼牙轉到位置上，老鵰那雙骨骼凸突的鐵爪就已插進了牠右側的肋骨。

牠只覺得身上一陣鑽心的火燎火燒般的巨痛，忍不住慘嗥了一聲。牠想就地打滾或採取別的什麼補救措施，但爲時已晚；隨著老鵰金色的翅膀撲搧出一股颶風，牠覺得自己的身體正在被老鵰的鐵爪往天上拎，四肢差不多快離開地面了。

絕不能聽憑老鵰把自己凌空攫起的，紫嵐想。牠是陸地上的猛獸，離開了大地，就等於失去了力量的源泉。牠拚足所有的力氣，朝前面那片灌木林狂奔。只要能把老鵰拖曳進灌木林，就等於將老鵰拖曳進了墳墓，老鵰那雙威力巨大的翅膀就會失去作用。

這是一場生與死的拔河賽。老鵰急遽地拍搧翅膀拚命想把紫嵐攫離大地；紫嵐撐開狼爪，尖利的指甲緊緊抓住草根，抓住樹枝，抓住泥土和岩石，拚命想把老鵰拖曳進灌木林。

地上飛砂走石，草葉飄零，一片狼藉。

離灌木林只有幾步之遙了，老鵰一定是意識到了危險，一聲又一聲地嘯叫著。翅膀搧起一團團猛烈的旋風。紫嵐只覺得肋骨像要被拉斷了，整個身體被提拉得像一張彎弓，四肢的關節像要被拉得脫臼了；牠狂嗥著，掙扎著，用狼爪摳住地面上的草根和樹枝，藉著大地的力量，一步一步朝灌木林走去。牠本來就是一匹衰老的母狼，又經過漫長的一晝夜的折磨，身心已差不多衰竭了；牠是靠著食肉類猛獸那股強悍的精神力量支撐著，這才勉強同老鵰抗衡的。牠眼冒金星，面前的灌木林和碧藍的天空，遠方寬廣的草原和背後巍峨的雪峰似乎都在旋轉舞蹈。牠早就預料到自己這點殘剩的生命和體力是無法把老鵰拖曳進灌木林的。牠已耗盡了最後一點力氣，牠已支持不住了。但牠必須堅持住。牠又向前邁了一步，將一隻狼爪勾住一叢馬鹿草根，剛把身體的重心移過來，突然，砰，腳下傳來一聲輕微的聲響，脆嫩的馬鹿草根禁不住重力拉扯，被拉斷了。紫嵐只覺得大地一陣顫抖，身體就已離開了地面，急速地升上天空。隨著整個身體越飛越高。牠產生了一種失重的感覺，難受得想嘔吐，一陣昏眩……

六

高空那股又硬又冷的氣流把牠颩醒了。牠睜開眼，整個尕瑪兒草原像一塊不規則的綠色的地毯，鋪在被大山拱圍的谷地中；自己經常去飲用的那塊臭水塘，變成一塊小小的明亮的碎玻璃。一頭雪豹在草地上跳躍，但看下去卻只有七星瓢蟲那般小大；牠棲息了大半輩子的石洞，僅剩下一個模糊的黑點。牠估量著自己的高度，差不多和高聳入雲的日曲卡雪山那條彎彎曲曲的雪線平行了。那種難以忍受的失重感覺消失了，哦，老鵰已停止了上升，保持著眼前這個高度，在向前飛行。

紫嵐很明白，自己已身陷絕境。牠被吊在高空，犀利的狼爪和狼牙都發揮不了作用，變得像綿羊一樣軟弱無能。牠雖然還活著，但實際上已成了老鵰充飢的食物。牠是必死無疑了。牠並不怕死，牠是抱著必死的決心來和老鵰搏殺的，但牠希望能和老鵰同歸於盡，可惜，牠這一生的最後一個願望落空了。牠輸慘了。牠沒能咬死老鵰，爲可愛的狼孫們消除隱患，反而要被老鵰吃掉了。唉——

從飛行的方向判斷，老鵰是要把牠帶回自己的巢穴去，慢慢享用。老鵰得意地鳴叫著，用一種勝利者的優雅姿勢在飛行，飛得十分平穩。老鵰是值得驕傲的，這不但解決了好幾天的食物問題，而且活擒了老狼，充分顯示了自己的力量，必然會提高這隻老鵰在其鷹類家族中的威望和地位。雪峰越來越近，那條彎彎曲曲的雪線，在陽光下變幻著紅黃藍三種顏色，溝壑縱橫的山脈金碧輝煌，空氣中夾雜著一層細細的雪塵，颳在紫嵐身上，冷徹心扉。

難道就這樣乖乖地被老鵰吃掉了嗎？假如此刻被老鵰攫在鐵爪下的是一隻食草類動物，早就在被凌空攫起的一瞬間嚇破了膽，氣絕身亡了；假如此刻被老鵰攫在鐵爪下的是普通的食肉類動物，如狐狸、豺狗或猞猁＊什麼的，恐怕也早就喪失了反抗意識。但此刻被老鵰攫在鐵爪下的是狼，狼是草原的精英，是野性的化身，更何況是匹飽經磨難在險惡的大自然裡已鑄鍊成鋼鐵意志的老狼。因此，儘管已身陷絕境，紫嵐並未喪失反抗意識。在狼的生存詞典裡，是沒有束手待斃這一說的；狼習慣於反抗到流盡最後一滴血。難道就這樣乖乖地讓老鵰來吃掉自己嗎？紫嵐想。不，無論如何，牠死也要撈回一把的。當然，現在牠被吊在高空，無法施展撲咬撕抓的狼的本領，但

＊猞猁：哺乳動物，外形像貓，但大得多，皮毛珍貴，性凶猛，也叫林独。

老鵰不可能永遠把牠懸吊在空中的，老鵰正在把牠帶回鵰巢去。有了！只要一飛到老鵰的巢穴，牠的四肢一沾著大地——這完全可能的，老鵰在自己的巢穴前一定會先把牠扔在地上，啄瞎牠的眼睛，啄破牠的腦殼，啄穿牠的肚腸——也就是說，牠還有最後一次機會，在嚥氣前向可惡的老鵰發出最後的致命的一擊。

老鵰向一座懸崖飛去，漸漸地，紫嵐看見在懸崖陡峭的岩壁間，在那棵長在石縫裡的蒼勁的松樹旁，有一條稜形的石縫，石縫裡鋪著一層枯枝落葉和鳥類斑爛的羽毛；石縫前是一塊平整的青石板；一條乳白色的雲帶纏繞在石縫間。紫嵐斷定，這就是老鵰的巢穴。金鵰習慣於在絕壁上築窩。毫無疑問，石縫前那塊平整的青石板，就是老鵰啄殺獵物的祭壇。過了一會，老鵰飛離石縫更近了，紫嵐看得更清楚了，那塊青石板祭壇上白骨累累，還有凌亂的獸皮和羽毛。說不定，那堆白骨裡就有牠心愛的黑仔的遺骸！紫嵐心裡再度湧起一股復仇的激情。

離鵰巢越來越近了，因爲絕壁的阻擋，高空那股湍急的氣流漸漸微弱，老鵰也逐漸放慢了速度。十米……七米……三米……紫嵐全身的肌肉都縮緊了，盡量使自己的身體保持平衡，以防止在著陸時被老鵰那股可怕的慣性帶倒；牠肋骨的傷口淌著血，僅剩的那點精力已禁不起再跌跟頭了，只要一跌跟頭，牠就有可能會暈死過去的。一米……半米……突然，老鵰猛一歪翅膀，擦著青石板祭壇拐了個急彎，在空中畫出一道漂亮的弧線，又飛離了巢穴，飛離了絕壁。老鵰一面飛，還一面發出焦急的憎恨的嘯叫聲。

紫嵐明白了，是自己一系列的準備著陸的動作，驚動了老鵰；老鵰發現牠已從暈死狀態中蘇醒過來，害怕著陸後遭到反撲，所以在最後關頭又改變主意，放棄了著陸。

只要是在空中，老鵰就永遠占據著優勢。

紫嵐緊張地推測著狡猾的老鵰會換一種什麼樣的方式來處置牠。

老鵰在山谷上空盤旋著，似乎在尋找著什麼。

紫嵐感覺到，老鵰的翅膀已不像剛才那麼剛勁有力了，羽翼下呼呼的雄風也被徐徐清風所替代。老鵰也累壞了，老鵰攫住比自己身體重兩倍的狼飛行，是堅持不了多久的，老鵰的體力快耗盡了，也就是說，老鵰會很快設法結束這場搏殺的。

紫嵐的神經緊張到了極限。

老鵰在向山谷左側降低著高度。紫嵐看見，谷底是一片亂石灘，裸露的岩石被一片荒草覆蓋著，陽光被挺拔的山峰遮斷，亂石灘顯得十分陰暗荒涼，瀰漫著一股死亡的氣息。

老鵰興奮地啼叫著。

驀地，紫嵐像觸電似地痙攣起來，牠悟出了老鵰飛來亂石灘上空的意義。老鵰絕沒有帶牠來遨遊天穹的雅興；老鵰是想把牠從高空摔下去，將牠摔死，然後，再安安全全地來啄食牠。老鵰之所以剛才在鵰巢前沒把牠從高空扔下去，是因爲鵰巢的絕壁下是一片茂密的森林，怕摔下去後不宜尋找。現在，山谷底下是片亂石灘，不愁找不到摔成肉餅的牠。

是的，紫嵐一定會被摔成肉餅的。從如此高度的空中摔下去，絕不會有生的可能。別說是砸在堅硬的石頭上，即使落到柔軟如絲的草地上，牠的五臟六腑也會被震成碎片的。

好毒辣陰險的老鵰哇！

紫嵐奮力側轉身體，想用狼爪抓住老鵰的胸脯或翅膀，但牠在空中沒有力量的支點，四肢狂舞亂擺，卻什麼也沒能抓到。

老鵰停止了飛行，那雙金色的翅膀像對風帆，任憑高空的氣流颱著牠滑翔。

紫嵐知道，這是一個要把牠扔下去的信號。

生與死就看這瞬間的變化了。紫嵐把全身的力量都凝聚在兩條後腿上，猛地往上一蹬，恰好將一條後腿從老鵰的腹側穿出去，鉤住了老鵰的脊背。就在這時，老鵰猛地鬆開了攫住牠脊背的那雙鐵爪；紫嵐只覺得自己整個身體像被捲進漩渦的樹枝，在往下墜沉。牠只有緊緊地曲起那條鉤住了老鵰脊背的後腿，這眞是名副其實的垂死掙扎；高空中那股強大的氣流把牠颱得東搖西晃，狼爪是無法像鵰爪那樣抓穩東西的。牠已支持不住了，這局面頂多只能維持兩三秒鐘，牠那條懸掛著自己整個身體的後腿便會因痲木乏力而脫離老鵰的脊背，然後，筆直地墜落谷底的亂石灘。

這時，老鵰只要擺動身體，或者做個翻飛、側飛、大旋轉、直線升降等特技飛行動作，就立刻可以把紫嵐從自己身上甩掉，從而結束這場殘酷的搏殺。但在這緊要關頭，老鵰卻犯了一個致命的錯誤，牠憤怒地嘯叫一聲，俯下頭來，用堅硬的嘴殼猛啄紫嵐的眼睛。也許老鵰以爲，紫嵐會忍受不了眼睛被啄瞎的巨大疼痛，而鬆開那條鉤住牠脊背的狼腿。老鵰畢竟是卵生動物，其智力終究比不過哺乳動物狼的。

紫嵐在老鵰尖利的嘴殼啄中自己右眼的一瞬間，趁勢將兩條前腿鈎住了老鵰的脖頸，一條後腿也鈎住了老鵰的脊背；牠一隻眼珠子雖然被老鵰啄出眼窩了，疼得牠渾身抽搐，但牠以超凡的毅力忍住了，緊緊地用四肢鈎抱住老鵰。

老鵰這才想起應當在空中做一些驚險的特技飛行，擺脫掉紫嵐的糾纏。老鵰一會兒斂緊雙翅，從幾十丈高空直墜地面，在臨近地面兩丈來高的時候才又突然展開翅膀，掠過岩石飛升天空；一會兒收斂一隻翅膀展開一隻翅膀，擺動舵一樣的尾羽，讓身體像陀螺似地在空中旋轉，一會兒上下翻飛左右搖晃……但已經遲了，紫嵐將自己的身體和老鵰的身體緊貼在一起，就像熱情地在擁抱著情侶，任憑老鵰怎樣折騰，再也不放鬆了。

老鵰又朝紫嵐的左眼啄去，紫嵐的左眼窩迸出一汪鮮血，湛藍的天空消失了，飄飛的白雲消失了，世界變得漆黑一團。牠疼極了，趁老鵰啄牠左眼時相對平穩的飛行姿勢，張開狼嘴狠狠朝上咬去；牠的眼瞎了，牠沒咬中老鵰的脖頸，牠咬偏了方向，咬住了老鵰的一隻翅膀。老鵰猛烈撲撲翅膀，朝紫嵐的臉上、頭上狂啄濫戳，紫嵐的鼻子、耳朵和兩頰被啄得稀爛，衰老的狼牙也被老鵰強有力的翅膀搖落了兩顆，嘴角豁裂了。但牠緊閉著頷骨，拚命噬咬，只聽得咔嗒一聲脆響，老鵰那隻右翅膀被咬斷了。老鵰靠一隻左翅膀無法在空中保持平衡，歪歪斜斜向地面墜落。

「砰」一聲巨響，紫嵐緊抱著老鵰墜落在陰暗而又荒涼的亂石灘上。紫嵐處在老鵰的下方，牠的脊背先落地，正好砸在尖尖的岩石角上，所有的肋骨都被折斷了，心臟也停止了跳動，但四條狼爪仍緊緊地擁抱著老鵰。

老鵰也摔死了，牠那隻左翅膀最後撲愣了兩下，便停止了掙扎。火紅的夕陽下，那隻金色的翅膀直直地僵硬地伸向天空，猶如一塊金色的墓碑。這是老母狼紫嵐的墓碑。

這時，山麓那個冬暖夏涼的石洞裡，在媚媚幸福而又痛苦的嗥叫聲中，五隻狼崽呱呱落地了。其中有兩隻是公狼崽，一隻毛色漆黑，一隻毛色呈紫黛色，長得特別像黑桑和紫嵐。但願這其中的一隻將來能成爲頂天立地的狼王。

一九八八年十月寫於昆明豆腐營

後記

沈石溪

我寫了許多本動物小說，若要問我哪本寫得最好，我會借用球王比利的一句名言：下一本；這樣回答具有幽默感，體現回答者的自信與風度，還是一種巧妙的推銷術，含有很高的商業價值。若有誰問我，迄今為止你最偏愛自己寫的哪本動物小說？我一定回答說：《狼王夢》。

這絕對是一句心裡話。

長篇動物小說《狼王夢》，其實是我對「強人」意識和生存競爭的一場反思。我出生在上海一個清貧的市民家庭，父母親一無金錢二無地位，似乎也缺少那種與命運抗爭化解苦難爭取幸福的意識。孩提時代，我什麼也不懂，以為全世界的人都像我這樣生活，全世界的人都像我這樣想吃肥肉想得直流口水，過年時穿件新衣服高興得笑歪了嘴。上學後，聽老師講世界上還有三分之二的人民沒有「解放」，更覺得自己已經是在天堂生活，是在蜜罐子裡過日子了。及至升至初中，視野逐漸開闊，閱讀了不少文學書籍，這才明白，老師給我們灌輸的其實是一種迷幻藥。有一次，我到同班一個女生家去送書，她的父親是上海一家大廠的領導，她帶我參觀她的家，是四間一套的大住房，有廚房，還有帶抽水馬桶的衛生間，她還有完完全全屬於自己的一間小房間，有一個書架，有不少漂亮的玩具。我當時就看傻了眼，不怕不識貨，就怕貨比貨，與我那個女同學比起來，我的生活其實是馬尾穿豆腐——提不起，我和姊姊奶奶擠在一間六平米的小閣樓上睡，大小便用的是一只陳舊的木製馬桶，沒有衛生間，馬桶就放在房間的角隅，無遮無攔，隨時可參觀別人的「方便」。燒飯在一條狹窄的走廊裡，舊式煤爐離木板牆只有一米遠，煙熏火燎不說，沒遇到火災就算是菩薩保佑了。就因為走廊太狹窄，有人在燒飯時你要穿行過去十分困難，我在五歲那年有一天與小夥伴玩互相追逐的遊戲，逃進走廊，想從正在炒菜的老祖母身邊穿過去，走廊實在太窄了，老祖母堵住了我的路，我一頭撞在老祖母的懷裡，老祖母恰巧手裡端著一碗剛剛起鍋的油菜燒豆芽，被我一撞，碗從手裡脫落，一碗油菜燒豆芽倒進我的脖子，我當場被燙得昏了過去，這以後，我後脖頸就留下兩大塊永不消褪的疤，上小學時，同學給我起的綽號就是「花頭頸」。假如我家有間單獨的廚房，假如那條該死的走廊稍稍再寬半米，我想我的脖子絕不至於會像現在這樣疙疙瘩瘩有礙觀瞻的。和那位女生比起來，我別說沒泡在蜜罐子裡了，簡直就是一根醃在苦水裡的黃瓜。就在那位女生家裡，我頓然醒悟，在這個世界上，人和人是不一樣的；人的社會地位是有差異的，平等永遠是個神話。要想擺脫貧困，要想活得不比別人差，就要奮鬥！

現在回想起來，我當時的想法其實就是一種原始的生存競爭的衝動。

可惜，在我青少年那段歲月，把競爭視為罪惡。

感謝蒼天，現在終於進入了一個自由競爭的年代。

是的，生存競爭迫使人們的觀念發生裂變，寧靜的生活掀起驚濤駭浪，傳統的美德遭到支解和褻瀆，社會沉渣泛起貧富懸殊，競爭的罪惡暴露無遺，但是，一潭死水變成了活水源頭，人們感受到了生存的壓力，長期處於鬆弛狀態的生命變得充滿張力，暮氣沉沉的社會煥發了青春的活力，正在由赤貧向小康邁進。

一方面，在競爭的過程中，爾虞我詐，貪得無厭，互相傾軋，人性中惡的一面也就是獸性的一面被打開「瓶蓋」從「瓶子」裡放了出來，另一方面，個體生命釋放出巨大的能量，每個人都有希望實現自己的人生價值。

好耶？壞耶？該歌頌？該詛咒？

對社會改革的是非判斷是社會學家和歷史學家的事，對我來說，我看到了震撼心靈的生命的力量。

我把我的所思所想融入了《狼王夢》。

母狼紫嵐為了自己的後代能出「狼」頭地，堅韌不拔地訓導自己的孩子成為強者。在弱肉強食的叢林裡，在汰劣留良的法則下，母狼紫嵐的努力一次次失敗，但牠沒有退縮，沒有氣餒，勇往直前，直到把兩隻小公狼送上了生存競爭的祭壇，直到自己與惡鷳同歸於盡。這是一個邪惡的夢，也是一個輝煌的夢；這是一個悲慘的奮鬥過程，也是一段悲壯的生命衝刺。

邪惡出輝煌，這真讓人哭笑不得，但這卻是活生生的現實。

讓我感到得意的是，我所想要表達的哲理意蘊恰好與狼的生物屬性和生存環境相吻合。

狼在人類的字典裡是惡的代名詞。從亙古時代開始，人就把狼當作對手，追捕圍剿，恨之入骨，竭力想消滅掉。可是，千百萬年來，狼卻在強大的人類面前禁受住了嚴峻的考驗，生存下來了。可見狼具有非凡的生命韌性和在惡劣環境下求生存的能力。人眼瞅著無法把狼消滅掉，就指責狼是一種狡詐殘忍的動物，是惡的化身壞的代表，企圖從宣傳輿論上把狼置於死地，肉體上消滅不了，就從精神上予以殲滅。假如我是一匹狼，我會為我的種族如此受到人類的重視而驕傲，會為被人當作冤家對頭而感到無比榮幸。

其實，說狼是惡棍壞蛋，這是人的一種偏見。不錯，狼吃羊，狼有時還會襲擊人，但不僅僅狼吃羊，人也吃羊，與狼襲擊人相比，人襲擊狼的次數要多得多。可以這麼說，凡狼吃的東西人多會吃，而人吃的一些東西狼卻不吃，例如香煙、烈酒、海洛因、公費宴請等等等等。從動物學家野外觀察的情景看，狼的內部既有爭鬥，也講團結，既有恃強凌弱的現象，也有配偶間和母子間的親情友愛。總之，既不高大完美，也不是十惡不赦的。

我這麼說，並非想為狼的壞名聲平反昭雪。我是覺得在狼的身上，最能體會到生存競爭的酷烈與頻繁。雖然在王位爭鬥中刀光劍影，流血與死亡，但留存了強者，淘汰了弱者，使整個種群保持了強大的活力。

當然，人類社會絕不會倒退到狼社會的水準上去。人類社會總是在一天比一天文明進步。但是，既然社會倡導競爭，既然人是從動物進化而來的，那麼，想要完全克服掉獸性，在很長的一段時間內恐怕是難以實現的。

《狼王夢》不是一本傳統意義上的兒童小說，不是一塊香甜的巧克力，而是一本在某種意義上背離傳統的少年小說，是一枚酸甜苦辣鹹五味俱全的多味果。我在寫這本書時，心裡就設下這樣一條警戒線：不教育人，不用教師的心態去教誨我的少年讀者。我想客觀地描寫一段狼群生活，把卑汙和崇高，把殘忍和輝煌，把齷齪和聖潔，交融揉合，更接近生命的本源，更接近生活的真實。我覺得，青少年時代是人生的一道門檻，跨越這道門檻，其實就是從無菌隔離區走出來走到漂浮著各種各樣有害細菌的正常空氣中來。許多人包括我自己在內，當從少年時代跨入青年時代，也就是說初涉塵世時，立刻就有一種強烈的感覺，世界遠不如老師在課堂上說的那麼好，無法適應撲面而來的種種人性惡的表現，內心充滿了失落感，有的人還會因此而沉淪，要調整很長一段時間才能逐漸平衡心靈，用透徹的眼光和明智的態度平靜地對待競爭日益加劇的社會現象。

這是教育的一大失誤。

這也是少年小說的用武之地。

我衷心希望少年朋友通過閱讀《狼王夢》，能感悟到生存的艱難，能體驗到競爭的無情，更能欣賞不屈不撓的強者風采和在激烈競爭中生命被激活的靈性和生命所釋放的能量。

台北民生報兒童叢書主編桂文亞女士選擇了我的長篇動物小說《狼王夢》，不僅需要行家的眼光，還需要一點甘冒風險的膽略。因為據說台灣中學生功課很緊，無暇去看篇幅較長的小說，而只喜歡看短篇故事，因此長篇小說的銷路一直不太景氣，出長篇是可能要賠本的。我想，我的《狼王夢》大概不至於會賣不動的，荒野叢林，野狼成群，故事情節扣人心弦，自信還是會受到台灣少年朋友的歡迎的。

但願是這樣，阿彌陀佛。

一九九四年二月二十八日寫於春城昆明

作家與作品

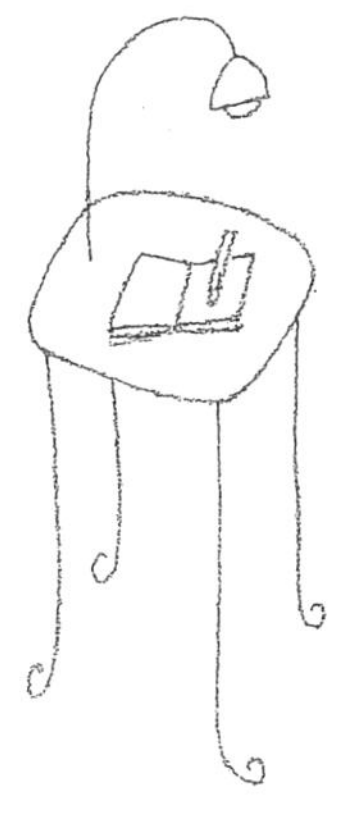

我的筆和著你的歌
你的歌和著我的心

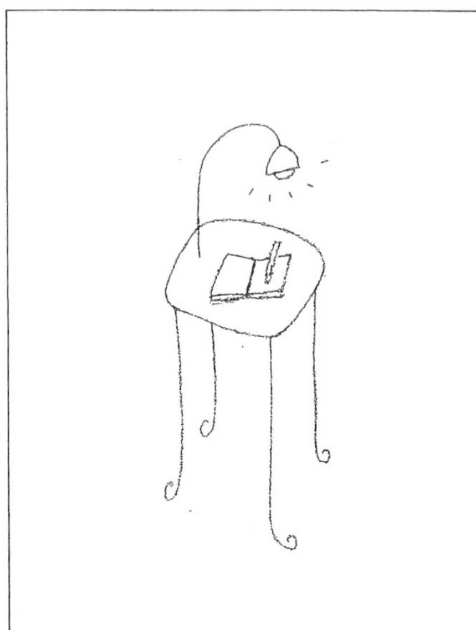

作家手蹟

我雖然寫的是動物小說，但我的作品不可能寫給動物看，是寫給人看的。作品的風格其實是作家經歷、性格和素養的綜合反應。我對社會感觸很深，對隱秘的人性有濃厚興趣。我常常會自覺不自覺地把自己對社會和人生的思考，投射到作品中去。有一句名言說，文學說到底就是人學。我的動物小說也是這樣，說到底是人學，而非獸學。動物小說是一種形式，是一種載體，通過動物小說來傳達我對社會與人生的看法。我關心動物世界，說到底是關心人類的生存狀況。讀我動物小說的是人，讀了我的作品後自然而然會對照他的社會環境，對比他的人際關係，對應他的生活命運，而產生強烈共鳴。我覺得這正是我作品的長處。

沈石溪

二〇〇三年元旦寫於春城昆明

➡中學時代的我。這是從游泳證上撕下來的照片。

⬇1974年在西雙版納勐滿小學教書。

⬆十歲生日那天和姊妹合影。

⬆與妻子吳丹豔、兒子沈悅在昆明合影。

⬇母親白髮蒼蒼，我也快老啦。

⬇2002 年在昆明圓通山動物園餵馬鹿。

把你帶入陌生的狼世界

韋葦

我的台灣朋友讀過沈石溪的《狼王夢》之後，大加讚賞，說它「文筆生動，扣人心弦」。

台灣朋友是有眼力的。而且這種眼力與整個中國對沈石溪作品的品評有相當一致性。於是沈石溪在獲得十四種重要文學獎之後，在台灣因為這本《狼王夢》而獲得第十五種獎——由台灣楊喚兒童文學評選委員會頒授給他的創作獎。

我和沈石溪的身世有一點很近似，那就是，都是一陣風，把我們像蒲公英的種子似的，先後從東方最大的大都會之一——上海吹送到雲南，我們像熟悉故鄉一樣的熟悉那裡的風土人情和人文環境。讀他的《狼王夢》，我一下被帶入了那個我曾經身處其間的所在：山高澗深，林茂樹密，荒草莽蘺，坡陡路險，風情粗樸。因此，我特別了解和理解沈石溪。

對於沈石溪和我很熟悉的東西，對於今天的少年朋友卻都很陌生——《狼王夢》裡的故事角色、故事意味、故事表現藝術……總之，《狼王夢》裡淺層次和深層次的東西對少年朋友都是陌生的。一般來說，愈是生活單調的少年就對陌生的世界愈充滿好奇心。那麼，少年朋友們，《狼王夢》給你們提供了一個滿足好奇心的機會，當你從「狼王夢」中走出來，你將無悔你為它投入了閱讀注意——因為你對人生、對世界已經有了更深的體認。

《狼王夢》所展示的是一隻母狼被權勢欲望所大大膨脹了的心，它時時幻映著狼群最高統治者的夢。小說扣人心弦地娓娓描述母狼的狼王夢第一個破滅後，繼而又幻現第二個，第二個又破滅後遂再幻現第三個，第三個還破滅後，牠雖然感到美夢離牠更遠了，卻仍不絕滅於無望，直到最後牠一息尚存時，依然至死而不悔，把《狼王夢》的實現渺寄於茫遥！這說不上是一種通常意義上的悲劇。通常意義上的悲劇是真的、美的、善的東西被損害被撕碎被轟毀被拋棄。小說沒有一般地在是非、善惡、臧否、好壞、褒貶之間幫助少年作選擇。小說自然不會沒有作家的判斷、見解蘊蓄乎其間，但作家所使用的已不是兩極判斷。兩極判斷雖然簡單明瞭，但世間的事多不能以兩極判斷解決問題。小說所提供的是狼世界中的一個生存邏輯，提供的是一種哲理思考，在「沒意思」中藏蘊著許多啟迪、許多教訓，其意也悠悠，其味也悠悠。

在表現藝術上，《狼王夢》的作者頻頻更換敘述角度，作家把自己隱身而潛入各種角色，最多的是潛入母狼的角色，藉母狼的視角、心理、表現存在於狼世界也可能存在於人類世界的理念。因此，這部小說很突出的一個特點是作家放縱地離開動物學的真實而求取藝術假定的真實，把作家的生活感受藝術地向狼世界進行移植。這裡正表現了本書作者敢為天下先的勇氣、膽魄，和善於創造的藝術潛力。

沈石溪的動物小說能以密集的信息牢牢吸引讀者。他在動物世界中有許多新的獨異的發現，善於在深層次揭示種種鳥獸的生存奧秘：牠們的心理、情感、願望、生活習性、靈與肉、愛與恨、恩與仇、哀與樂、喜與怒、良心與悖倫、忠實與背叛、崇高與卑汙、個體與群體之關係、族類自身的保持與繁衍等等。《狼王夢》的信息濃度就體現在狼——母狼、公狼、成年狼、老年狼、幼年狼——的習態、能力和欲望，以及作家替牠們創造的一套一套的思維邏輯。由密集信息構成的故事常常令人震驚得為之瞠目，深深感覺到小說總體風格上的一種壯烈美。《狼王夢》中，被表現得最深沉的愛是母子之愛，而無間的親情和溫柔卻扭曲地表現為最無奈的殘忍！當母狼把狼王夢的賭注下在老二藍魂兒身上，而藍魂兒又過於冒失，結果被獵人下的捕獸鐵夾攔腰夾住時，母狼經過再三努力，卻回天乏力，救子無方，牠只好讓死神來幫助自己的心肝寶貝了！

牠把全部母性的溫柔都凝集在舌尖上，來回舔著藍魂兒潮濕的頸窩，鍾情而慈祥，藍魂兒被濃烈的母愛陶醉了，狼嘴發出嗚嗚愜意的叫聲；突然間，紫嵐（母狼）一口咬斷了藍魂兒的喉管，動作乾淨利索，迅如閃電如疾風，只聽得「咔搭」一聲脆響，藍魂兒的頸窩裡迸濺出一汪滾燙的狼血，腦袋便咕咚一聲栽倒在雪地裡，氣絕身亡了。藍魂兒至死都不明白是怎麼回事，臉色平靜，嘴角還凝固著一絲笑紋，那是母親撫愛時的幸福神態……

另外，小說中也透露了為什麼狼動輒以爪牙相見和一飢餓就神往於鮮血的道理：因為狼的生存環境決定牠們必須遵循弱肉強食的叢林法則，牠們的強大必須體現在牙爪之上，眼淚對狼的生存條件的改善、欲望的滿足毫無意義。

沈石溪是有大作家氣度和才華的作家。在我所認識的作家中，我更重視沈石溪藝術表現的力度。那麼，請允許我向少年朋友推荐《狼王夢》，請來到尕瑪兒草原，來到日曲卡雪山的雪線，這裡狼聚狼散，為爭食而鬥毆，為權勢而爭奪，這裡有痛苦、凶險、狂狷、粗獷、野趣，牠們向時代和心靈深處召喚思索，召喚美！

「狼道」與「人道」

羅青

中國古代無長篇形式的動物小說。晚近動物小說的源頭來自西方。例如美國作家傑克倫敦（一八七六～一九一六）的名著《荒野的呼喚》及《白牙》便是例子。傑克倫敦的「動物小說」寫的是屬於「自然主義」式的；自然主義的興起，直接促成了動物小說的出現。而「自然主義」的源頭，則是十九世紀中期所興起的「寫實主義」的小說。

「寫實主義」小說之所以興起，是受了科學研究成果的影響，特別是孔德的「社會學」及達爾文的「進化論」。寫實主義小說家認為十八世紀到十九世紀初期的浪漫主義小說，太過主觀濫情，甚至於濫情濫感，充滿了幻想式的逃避；不能真實而勇敢地面對現實，尤其是現實的殘酷面。

寫實主義作家主張全面忠實地反映人生，反映社會。人生苦多於樂，社會窮多於富；因此，寫實主義小說，往往偏重描寫人生的苦難及社會的問題，為受苦受難受壓迫的窮人伸張正義。泰因的「社會環境決定論」，成了寫實主義小說的哲學依據。達爾文的「生物進化論」（一八五九）出版後，寫實主義小說家更進一步，認為人只不過是碳水化合物的組成，與動物無異。人的生理上之變化（包括物理的及化學的），會直接影響到人的行為。由是，自然主義的小說迅速興起。許多作家紛紛以動物的觀點來寫人類的活動；同時也不斷地把人類社會的行為與昆蟲、或其他動物社會的行為，平行對比，相互對照一番。

自然主義小說寫作之特色是儘量做科學式的客觀觀察；在敘事時，採取冷靜理性的距離；在細節的選擇及描寫上，十分獨特而精確；對故事的背景及歷史，提供近乎學術報告式的嚴謹資料；全面反映對象的社會層面，把最可怕、最殘酷、最骯髒的事實，毫不留情地挖掘出來；在呈現事實的同時，要儘量避免人為的說教，或道德式的訓誡。在自然主義小說家的筆下，神當然早已死亡，人類本身也淪為環境的犧牲品，甚至淪為自身「內分泌」的奴隸，有如動物一樣，一切只能依靠本能，在一個不可測的危險環境中求生存。人類的「自由意志」幾乎是發揮不了什麼作用了。運用上述的寫作原則，有些作家專注於社會苦難的描述；有些則發展出一種精妙無比的寫實技巧，在美學的領域，探索出一片新天地；有些，則把主題與技巧配合起來，想藉文學來喚起大衆從事社會改革。「無產階級文學運動」便是源自於「自然主義」的創作觀。不過，在此之外，也有主張適度地把自然主義與浪漫主義融合在一起，真實地表達心中的感受。

在自然主義小說的寫作中，最能受到老、中、青三代普遍歡迎的，便是動物小說了。尤其是對兒童與青少年，因為在他們的生活中，動物常常扮演著十分重要的角色，時而如夥伴、朋友，時而如家人親戚，伴隨他們在生活中冒險、求知，培養他們的責任感及愛心……。而動物小說，便在兒童及青少年的日常生活之外，提供了一片供想像力馳騁的原野，任人遨遊。

中國新文學在二十世紀初，受到西洋文學的衝擊甚大，各種主義流派，紛至沓來。但以自然主義觀點寫的動物小說，一直不太發達，成就有限。沈石溪的出現，彌補了這個缺陷。沈石溪的動物小說，可說是近年來同類作品中，寫得最好最深刻的。

沈石溪因文革下放的關係，有機會到雲貴一帶，深刻地體驗了獵戶的生活，獲得了有關野生動物各種習性的一手資料，使他的小說充滿了新鮮經驗的描述及奇特細節的鋪陳，肌理複雜，豐盈多計，十分耐讀。他寫作的特色有二：其一是儘量從動物的觀點來看，以供人類觀點對照。這在生態保育呼聲甚高的今天，是十分適宜的。其二，是他在描寫動物社會時，常常不忘提供人類社會一個平行對比的機會。不說教，不諷刺，然而人類社會的科種，在動物社會的對照下，自然產生了一種「折射效果」。這是沈石溪小說藝術的高明處，讀者應該細細體會，不要錯過。

《狼王夢》以母狼紫嵐為主角，講她如何培育五隻小狼成狼王的經過。作者以略帶浪漫的筆法，冷酷理性的觀點，把在大自然掙扎求生存的狼，及因求生存而發展出來的「狼道」，刻劃得淋漓盡致。為了烘托「狼道」的特殊，沈氏不時把「狗道」提出來描寫一番，讓人想到人類社會的種種，忍不住要平行對比一番。

以「人道」而言，「狼道」實在是太不近「人情」了。母狼紫嵐，在必要時，可以食子、殺子；或眼睜睜地看自己的愛子，在慘烈的鬥爭中，一敗塗地，而不伸出援手。但從另一個角度看，作者所呈現出來的「狼道」（其中有愛也有恨），是如此的黑白分明、斬絕乾脆，往往為人類所不及。母狼紫嵐可以為了下一代，犧牲了自己的婚姻（不再與其他公狼配對），甚至犧牲自己的性命，與可怕的大金鵰玉石俱焚，表現出母愛至大至高的那一面。

沈石溪十分擅於說故事，情節緊湊，環環相扣，絕無冷場。例如一開始，母狼紫嵐的生產，便是在一隻大白狗的追逐下完成的，讀來令人為之捏下一把冷汗。他運用有關狼的知識及資料，也十分自然純熟，緩緩地一點一滴滲入全書之中，使讀者不知不覺地吸受了去，毫無生硬突兀之病。最難得的是，他在情節的處理上謹守客觀原則，很少讓一般人類的道德及溫情喧賓奪主，混入了狼的故事之中，這一點真是難能可貴，令人激賞。

溫暖的五月陽光

——我的朋友沈石溪

李玲
（北京《東方少年》雜誌編輯）

在五月透明的陽光下透明的田野上，有五月透明的鮮花。五月總是給人以明麗的享受和富於幻想的感覺。

初識沈石溪，就是在春光明媚的五月。當時，他正在北京一所文學院讀書。沈石溪平易而隨和，真誠而友善，如五月陽光般溫暖，他給我留下了非常好的印象。

轉眼八年過去了，儘管無情的歲月在他臉上刻下了道道細紋，人也愈發地顯得消瘦，但明亮的大眼睛還是那麼友善，充滿愛心。他一如昔日般讓人感到溫暖。關於沈石溪，有太多太多的故事。

我常想，作為女人，太被人注意和太不被人注意都是一種悲哀。那麼，對於沈石溪來說，作為男人過分地引人注目就該算是幸事了吧。

他像是磁場，能吸引住相識或不相識的人。儘管他不是那種善侃的角兒，但他的每一句話，都透著才氣和幽默。沈石溪從不刻意營造自己的形象，只要是令朋友們開心的事，他都樂於去做。他會用粗啞的嗓子高歌一曲，逗得大家笑出眼淚、笑破肚皮；他會在半夜三更奮不顧身地為不太飢餓的朋友去買零食；他會拿著傻瓜相機一口氣為朋友拍幾卷相片，然後選出最好的一張，津津有味地說，只要有一張拍得好，就了不起啦；他會在別人快要落水的一瞬間，先跳入水中，以至於被救人還在岸上，而他則狼狽地在水裡掙扎，還不忘來一句「快暈過去了」。這是沈石溪的口頭禪，在表達快樂或痛苦之情達到極限時，他都會來一句「快暈過去了」。

類似的事情還有許多，不勝枚舉。這就是我的朋友沈石溪，天生一副熱心腸，溫暖如五月陽光。

了解了沈石溪其人，便不難讀懂他的動物小說，對動物世界充滿愛憐的、善良的、溫暖的友情，傳導出至善至美的真情、純情、觀照人類社會。也是如五月的陽光，讓你感到暖暖的，給你以明麗的享受和豐富的想像空間。

在仔細閱讀了他的小說後，你便會發現貫注於沈石溪動物小說的，與其說是故事情節的纏繞，不如說是充沛激情的迸發。一如他善待人生、真誠待人的秉性，他把動物小說當成了一種認真的世態人情的演繹，他期盼著這個世界上多一份真、多一份愛。所以，沈石溪講述的是恆一的故事——真、善、美，他對自己筆下的動物形象寄予了無限的深情。在感情與理智的衝突中，融入了動物與動物、動物與人之間的款款深情，濃濃厚意，極富人情味。而無論寫什麼動物，沈石溪都細膩描述了牠們與人類相生相知相助相憐的感情，雖然牠們的自然屬性依然存在，但躍動著人的善惡觀念、是非觀念、愛憎觀念、生死觀念、自我觀念，這都沖滌、薰陶著我們的心靈。不難發現，沈石溪給予我們更多的是一個希望的現實，作品瀰漫著特殊的情致，我們在讀故事的樂趣中，獲得種種醒世的啟迪，情感的教育，也是不言而喻的。

這些，使得沈石溪的小說從一開始就擁有了一批讀者。而今，沈石溪已是中國兒童文學界首屈一指的動物小說作家了。有人喜歡他帶有傳奇色彩的敘述視角；有人喜歡他能惟妙惟肖地表現動物界的生存狀態；有人喜歡他文字的靈性。一個作家禁得住幾代讀者的品頭論足，那就有點意思了。

今天，如果抹去沈石溪的名字，就是從作品中，我們照樣可以讀出一個沈石溪來。於是，我認為他成功了。

一九九三年八月八日

我的老爸沈石溪

沈悅

我的老爸是個很好笑的人。在外面，他好像地位很高，有時擺出一副大作家的樣子，許多叔叔阿姨，甚至年齡比老爸大的也都恭恭敬敬地稱他為沈老師。他總是得意揚揚的。

可是，在家裡，就完全不同了，他被我和媽媽稱為「沈老四」。因為在我們家，少數服從多數，一致同意老爸排在第四位，也就是說，老大是我，老二是媽媽，老三是貓咪，老四才輪到老爸，他在我們家的地位是最低的，連貓咪也比不上。他想改變這種狀況，想排到老二或老三的位置，曾經在家庭會上提過好幾次了，但反對無效，他無可奈何，只有在外面當他的沈老師，在家裡當他的「沈老四」。不過這「沈老四」是有保密範圍的，只有我和媽媽在家的時候叫，有客人的時候，我只得裝著恭敬的樣子叫他老爸。

老爸很愛開玩笑，經常提一些叫我難以回答的問題。有一次吃中午飯時，老爸突然向我提出一個問題：「你要不要你媽媽的命？」這個問題真是難以回答，我想，我要是說「要」，那不就有害她的意思嗎？要是我說「不要」，又有拋棄的意思，真是進退兩難。想了半天，我決定不回答這個問題，而是轉守為攻，也向他提出一個問題，我說：「你先回答我提出的問題，你如果答對了，我才回答你提出的問題。這個問題是：『媽媽幾歲了？』」老爸憨得很，馬上回答：「三十九歲！」

這一下正中我下懷，我馬上說：「錯了，錯了，媽媽十三歲，因為媽媽沒有生我的時候還當不上媽媽，要生下我以後才算當上媽媽嘛，我十三歲，『媽媽』當然也是十三歲囉！」老爸不服氣，還在爭辯，但我有媽媽當裁判，他當然輸定了，灰溜溜的，我大獲全勝！

我老爸經常要欺負我，從今年開始，我一個月有二十元錢的零花錢，可是老爸卻想要把我的錢騙回去，他叫我請他吃冰磚什麼的，我不願意，他就「偷」，我也早就料到他會有這一招，所以把錢藏得好好的，有時放在書裡，有時放在電視下面。有一次我放在我覺得最安全的地方——我畫的畫後面，那張畫是我的得意之作，貼在牆上，錢被夾在畫與牆之間。可是過了幾天，錢卻沒有了，原來是那畫紙太薄了，錢被老爸發現，拿走了。在我和媽媽嚴厲審問下，老爸承認了，並加倍償還了我。但是，我還是從我的壓歲錢中拿出一百元，贊助老爸買了一套西裝，那是媽媽叫我這樣做的，不然，我才不幹呢！後來，我為了應付老爸，經常變換著藏錢的地方，可是時間長了，反倒連自己都忘記把錢放在哪兒了。後來我把所有的錢都放在媽媽那裡存了起來，隨時可向她提取存款，她不會揩我的油。

當然，我的老爸也有很多好的地方，他愛唱歌，儘管嗓子比唐老鴨還難聽；他愛游泳，並且教會了我；他工作很賣力，寫作的時候全神貫注；他的動物小說很吸引人，我喜歡看；特別是他那腦子裡，好像裝滿了永遠也講不完的動物故事，每當我提出讓他講故事的時候，他都有求必應，滔滔不絕地、眉飛色舞地講著，從他嘴裡講出來的動物故事，又精采，又生動。每聽完一個故事，我都會隨他的故事展開幻想，會向他提許多個問題，但他都能一一回答。我有時問老爸：「你腦子裡的故事什麼時候講完，什麼時候寫完？」他回答說：「永遠講不完，永遠寫不完。」我想，這可能是真的。

老爸還有兩個嗜好，一是愛看電視台播出的「動物世界」，他看「動物世界」的時候，別提多認真了，還不許人家大聲講話，有時我和媽媽忘了，叫他吃飯什麼的，他還會罵人！第二個嗜好是喜歡到動物園去，我實在記不清到底去了多少次圓通山動物園了，我們一進動物園，那些馬鹿、斑馬什麼的直向我們點頭，連驕傲的孔雀也很高興地朝我們頻頻開屏獻殷勤，我想，這些動物已經認識我們了。看著老爸進入動物園那種興高采烈的樣子，我想他總有一天會搬到動物園獸籠裡去住的。

一九九三年八月十八日

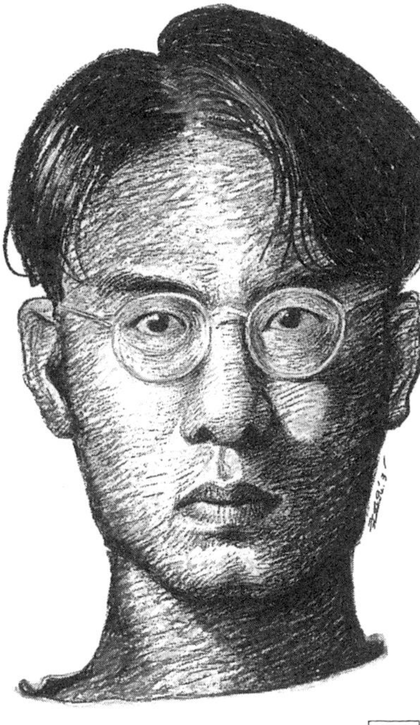

關於插畫者……

李永平，民國五十五年六月二十日生，湖南省資興縣人，世界新專三專日間編採科畢，現任中時晚報〈時代副刊〉美術編輯

・這是第一次真正為自己而畫的圖，之前從未如此仔細端詳過父親、母親、大妹和小妹，心裡搓揉著百般的歉疚與摯愛。畫中，鬧鐘沒有指針，希望時間不用指針說話，好讓今天告訴明天，昨天曾為它留下什麼？而它能為昨天做什麼？

充實　幸福　滿足！

李永平

屈指一數，畫插畫也近十年光景了，憶起這段不長不短的歲月，第一個感覺是「孤寂」，接著湧上心頭的，卻是充實與肯定；曾經考慮過是否繼續再畫插畫，或許就是因為那種充實幸福的滿足感，才讓自己跟插畫分不開，就這樣可能相伴再走幾個十年吧！

畫插畫另外還有一種感覺，像一股暖流；爸媽一直都住在南部老家，對離鄉北上獨自在台北打拚的兒子，除了在固定的幾個節日可以見到外，很多時候都是他們經由看報，瞥見我所發表的作品，他們興奮地跟朋友共享的喜悅，就好像又見到小時候的我一樣——爸爸以他的大手掌握住我肥短的小手在日曆紙背面，從頭到尾一筆不斷地畫出小老鼠、大螃蟹以及一朵朵五顏六色各式各樣的花……。

・希望此生能平平凡凡過日子，充充實實畫人生。

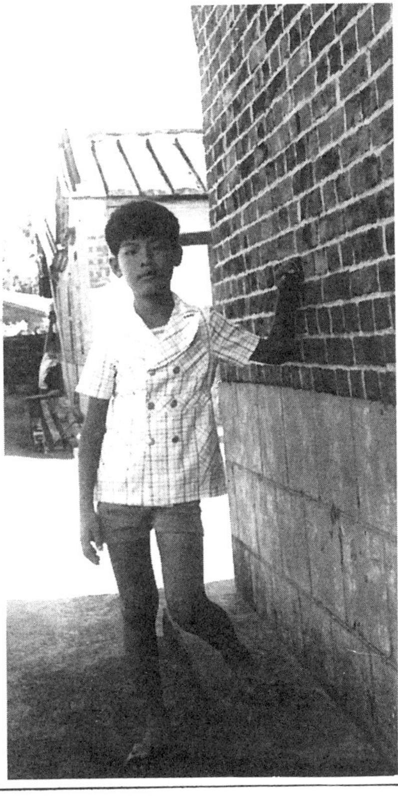

・小時的慒懂。至今已看透幾分？

我也很喜歡看電影，因為電影常能啟發自己。所以畫插畫時，我總希望能營造出有電影味道的畫面質感，藉著自己豐沛的情感、寫實的筆觸，畫出富有想像力的插畫，更希望能帶給讀者無垠的想像世界。

每一幅插畫作品都記載著創作者生命裡的一小段時光，每當自己翻閱以前的作品，腦海裡就像播放錄影帶似地浮現出那個時候作畫的概括過程以及心境的轉折，甚至還會因此像觸電般心頭激動不已，尤其是在仔細看過畫裡的每一筆一畫：每一筆都藏著一秒鐘一分氣力；每一畫也留著一分心一分執著。

假使曾有人留意過我近十年來的努力，那麼他們的期許永遠是我奮鬥的最大助力，這條路還有許多經驗待我去學習，非常感謝那些曾給我表現機會以及批評指教的朋友們，希望能有那麼一天，與你們共享成果。

沈石溪作品集

狼王夢

2010年3月初版　　定價：新臺幣250元
2021年10月初版第十五刷

著者	沈石溪
繪圖	李永平
叢書主編	黃惠鈴
校對	趙蓓芬
美術設計	邱士娟
	卜京

出版者	聯經出版事業股份有限公司
地址	新北市汐止區大同路一段369號1樓
叢書主編電話	(02)86925588轉5313
台北聯經書房	台北市新生南路三段94號
電話	(02)23620308
台中分公司	台中市北區崇德路一段198號
暨門市電話	(04)22312023
郵政劃撥帳戶	第0100559-3號
郵撥電話	(02)23620308
印刷者	世和印製企業有限公司
總經銷	聯合發行股份有限公司
發行所	新北市新店區寶橋路235巷6弄6號2F
電話	(02)29178022

副總編輯	陳逸華
總編輯	涂豐恩
總經理	陳芝宇
社長	羅國俊
發行人	林載爵

行政院新聞局出版事業登記證局版臺業字第0130號

本書如有缺頁，破損，倒裝請寄回台北聯經書房更換。　ISBN 978-957-08-3559-5 (平裝)
聯經網址 http://www.linkingbooks.com.tw
電子信箱 e-mail:linking@udngroup.com

國家圖書館出版品預行編目資料

狼王夢/沈石溪著．李永平繪圖．初版．新北市．
聯經．2010年3月．288面．14.8×21公分．
（沈石溪作品集）
ISBN 978-957-08-3559-5（平裝）
[2021年10月初版第十五刷]

859.6　　99002179